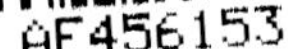

NOUVELLE COLLECTION NATIONALE

Autant de lecture que dans un volume à 9 francs pour

95 cent.

l'ouvrage complet illustré

ALPHONSE CROZIÈRE

UNE DRÔLE DE MAMAN

F. ROUFF, éditeur, 8, boulevard de Vaugirard, PARIS

UNE DROLE DE MAMAN

I

C'est bien cette jolie villa, au milieu des roses, qu'habite Daniel Chambaud, l'auteur célèbre ?

— Oui, monsieur... Elle fait l'admiration de tous les touristes.

— Elle est ravissante, en effet... Comme il doit faire bon vivre dans ce nid de verdure et de fleurs qui domine la mer!

— N'est-ce pas?... Ah! quand on est riche!...

Et la pauvresse, à laquelle venait de s'adresser Jacques Dauberval, s'éloigna avec ces lents hochements de tête qui, chez les rustres, tiennent lieu d'opinion.

— Que d'amertume dans ce mot : riche! pensa Jacques irrité.

Admirateur fervent du grand écrivain, le jeune homme estimait que Daniel Chambaud, par son talent et son labeur, avait bien mérité de vivre dans ce décor de féerie qui devait tant faciliter l'inspiration. Il tenait à la main le dernier livre du romancier : *L'Envers de la gloire*. C'était une très belle œuvre. Elle avait eu de multiples éditions. Jacques s'était passionné à cette lecture attrayante et profonde.

Parti pour un voyage d'études en Angleterre, le jeune homme venait de s'arrêter pour quelques jours à Dieppe. Et l'idée lui était venue d'excursionner jusqu'à Puys. Il désirait connaître ce ravissant *Ermitage* où l'un de ses écrivains préférés avait écrit la plupart de ses ouvrages.

Sa curiosité ayant reçu une première satisfaction, Jacques reprit, rêveur, la route de Dieppe en se faisant une idée approximative de l'intérieur confortable du grand artiste.

Un charmeur comme Chambaud devait avoir un *home* meublé et décoré avec un art exquis.

Et Jacques s'expliquait, par l'éveil de sa propre curiosité, l'engouement d'un certain public pour les maîtres de la pensée française, le besoin impérieux de pénétrer l'intimité d'un auteur favori, de savoir si la réalité approche de l'idée qu'on se faisait de sa personne. Et puis, comment se comporte-t-il dans la vie privée? Est-il marié à une femme qui le comprend? Quels sont ses goûts, sa méthode de travail, ses petites manies?

Jacques marchait avec lenteur, tout imprégné encore de cette mélancolie tenace que laissait en lui la lecture du roman, quand, soudain, assez loin sur la route, il vit venir une élégante jeune fille à bicyclette. Elle pédalait à une allure exagérée, Jacques s'en montra inquiet.

Et ce qu'il redoutait ne tarda pas à se produire. La cycliste dérapa, battit l'air de ses bras et ce fut l'effondrement...

Jacques jeta un cri en s'élançant pour secourir l'imprudente qui était restée inanimée sur le sol.

Il l'enleva dans ses bras, la porta délicatement au bord de la route et se mit en devoir de la ranimer. Sa timidité le rendait craintif et maladroit. Il contemplait ce joli visage pâle, convulsé par la peur, d'un regard attendri, concentrant toute sa volonté sur ces paupières bleuies qui tardaient à s'ouvrir.

Que faire? Où aller chercher du secours? Pas de maison à proximité!

Il souhaitait qu'une auto passât et commençait à s'émouvoir de cette solitude...

Enfin la jeune fille, dont la tête reposait sur le bras tremblant de son protecteur, eut un léger battement de paupières, ses yeux s'ouvrirent tout grands. Jacques supporta mal leur fixité étrange. Pourquoi fallait-il que de si beaux yeux lui fissent peur? Il balbutia : « Je vous demande pardon », comme s'il craignait des reproches.

Un long soupir souleva la poitrine de la jeune fille, ses yeux candides et bleus d'enfant se troublèrent. Peu à peu, elle recouvra sa présence d'esprit. Intimidée de se voir dans les bras de Jacques, elle prit peur, se couvrit le visage de ses mains.

Il demanda, avec une réconfortante douceur :

— Vous vous êtes fait très mal, peut-être?

— Non... ce ne sera rien... Je vous remercie, monsieur.

Et elle répondait sans oser le regarder, secouant d'une main égratignée la poussière qui adhérait à sa jupe courte, qu'elle jugeait à ce moment bien trop courte. Rougissante, elle se redressa d'un bond avec une hâte fébrile de s'éloigner, de disparaître aux yeux de cet étranger, comme apeurée d'être restée inerte à sa merci, de sentir son souffle chaud si près de son visage.

— Allons, balbutia-t-elle en constatant que sa machine était intacte, il y aura eu plus de peur que de mal!

— Voulez-vous me permettre de vous reconduire, mademoiselle, si je ne suis pas indiscret?

Elle refusa vivement, comme importunée de cette offre hardie :

— Non, non, je suis plus vaillante... Les forces me reviennent... Quelle émotion!... Je ne sais comment vous exprimer ma gratitude... Merci...

Puis, remontant en toute hâte sur sa machine, elle s'éloigna dans la direction de Puys.

Il la regarda partir d'un air triste, un air de regret, se sentant tout remué encore d'avoir tenu cette belle fille si près de sa poitrine, de s'être grisé un moment de son parfum, mais elle n'avait pas tout emporté de ce baume troublant. La conviction lui revint que cette jeune fille n'était pas une inconnue pour lui.

Un désir violent de savoir où elle s'arrêterait, où elle entrerait, s'imposa à sa volonté. Il revint sur ses pas, se mit à courir jusqu'à la courbe que

F. Rouff, éditeur. — 1926.

formait la route. Là, embusqué derrière un tilleul, il la vit descendre de bicyclette devant l'*Ermitage* et pénétrer dans la propriété du maître... Il pensa, heureux de ce premier renseignement :

— Une visiteuse ou une fille de Chambaud?

Avide d'éclaircissements, il fit le grand tour par la plage, contempla sur toutes ses faces la jolie villa qui, maintenant, exerçait sur lui une double fascination.

Longtemps, il rôda comme un chemineau en quête d'un mauvais coup. Puis, quand le soleil eut tourné, il s'arrêta de nouveau devant la grille à la manière discrète d'un détective.

A travers le feuillage, il fut témoin d'un touchant et affligeant tableau de famille. Le maître avait été descendu dans le jardin. Il était étendu immobile sur une chaise longue. Son visage décoloré, exsangue, encadré de barbe blanche, formait une tache impressionnante sur le fond du décor. Sa tête restait fixe, ses yeux ne présentaient que deux cavités au fond desquelles, de loin, on eût cherché vainement un regard.

Près de lui se tenait une jolie femme au visage encore très jeune qui lui parlait avec une grande volubilité.

Tout à coup, apparut la séduisante jeune fille que cherchait Jacques. Elle portait une soucoupe avec une tasse et s'avança vers le maître. Jacques n'entendit que ce mot : « Père... » Un autre frappa bientôt son ouïe : « Claudette! »

A ce moment l'attention du jeune homme fut distraite par une vieille servante qui sortait de la villa voisine. Il l'aborda.

— Pardon... un simple renseignement... Est-ce que M. Daniel Chambaud est malade?

— Oui, répondit la servante, le pauvre homme vient d'avoir une attaque violente... Son médecin est inquiet... Sa carrière est finie... Il ne pourra plus jamais écrire de beaux livres... C'est bien dommage!

— Vraiment?

— Heureusement qu'il est riche, très riche. Pensez, il a gagné tant d'argent... Au moins, celui-là, il ne laissera pas sa femme et sa fille dans la gêne...

Jacques ne regrettait pas le temps sacrifié à son enquête. Il était fixé. Il avait eu affaire à la propre fille de l'homme qu'il admirait tant. Il reprit, rêveur, la route de Dieppe, cherchant déjà le moyen le meilleur de se faire présenter au maître...

Quoique sa position fût modeste, Jacques avait la toquade du bibelot ancien et toujours ses pas le conduisaient machinalement vers un magasin de la grande rue. Il connaissait le boutiquier, un homme Romain, établi à Paris, boulevard de Clichy, qui venait l'été à Dieppe tenter l'amateur.

Jacques entra. Les deux hommes bavardèrent, Romain montra quelques nouvelles acquisitions. Puis, désignant un petit tableau ancien, attribué à Téniers :

— Tenez, voici quelque chose d'intéressant qu'une jeune fille m'a confié aujourd'hui même. Elle en veut cinq mille...

Jacques riposta :

— Monsieur Romain, vous savez bien que mon budget ne me permet pas de monter si haut...

— Alors, n'en parlons plus... Revenez donc demain, on doit m'apporter différents bibelots curieux, notamment une bonbonnière Louis XVI avec miniature de l'époque...

Jacques promit sa visite. Sept heures sonnaient. Il gagna à la hâte son hôtel et arriva avec un peu de retard pour se mettre à table...

Après le dîner, il s'en alla griller quelques cigarettes sur la jetée, la tête pleine de la charmante image de Mlle Chambaud. La scène touchante entrevue dans le jardin de l'*Ermitage* lui rappelait le premier chapitre de *l'Envers de la gloire*, dans lequel le maître avait campé d'un coup de plume génial sa jeune héroïne. Le modèle n'était pas loin de lui. C'était bien sa fille dont il avait fait un ange de dévouement, de bonté et de piété filiale...

Le lendemain, il s'acheminait d'un pas indolent chez Romain, après un grand tour par le port, lorsqu'il arriva juste pour voir Mlle Chambaud sortir de la boutique de l'antiquaire. Il resta un moment sur place, médusé, comprimant les battements de son cœur. C'était bien elle, en effet, dans son costume beige, avec sa toque de laine blanche, ses cheveux d'or en touffes dont, la veille, il avait senti la caresse sur sa joue. Il pressa le pas pour lui parler, mais elle avait déjà enfourché sa bicyclette et s'était éloignée dans la direction de la rue Aguado.

Très intrigué, Jacques pénétra chez Romain :

— Vous connaissez personnellement la jeune fille qui sort d'ici? demanda-t-il avec émotion.

L'autre le regarda en souriant, s'amusant de son trouble :

— Oh! oh!... un petit coup de foudre, sans doute? Ces jeunes gens!... Je la connais parce qu'elle m'a prié de vendre le petit tableau que je vous ai montré hier...

— C'est...

Jacques allait commettre une indiscrétion. Romain ne lui en laissa pas le temps.

— C'est une jeune institutrice qui tient ce tableau d'une tante décédée. Elle habite pour l'instant chez une dame Hertz, rue Saint-Nicolas... Là, vous êtes renseigné!

En même temps, il tirait de sa poche un papier où la jeune fille avait tracé d'une longue et élégante écriture violette ces noms : Geneviève Samson.

Sans paraître remarquer la surprise croissante de son client, Romain ajouta :

— Je viens de la faire pleurer, tenez... Je lui ai dit qu'elle était trop exigeante, que son tableau ne se vendrait jamais le prix qu'elle en veut obtenir...

Alors Jacques fixa d'une manière étrange le marchand de curiosités et lui dit, presque bourru :

— Vous croyez?... Eh bien, je l'achète, moi, ce tableau, et je lui en donne cinq mille francs nets... J'ai la somme sur moi.

— Oh! oh! s'exclama Romain les yeux arrondis, je ne vous ai jamais connu de tels gestes. Enfin, vous lui attribuez donc quelque valeur à ce tableau qui ne vous intéressait pas hier?

— Peut-être... Mais, avant d'acheter, je désire causer avec cette jeune fille.

Romain se mit à rire, d'un rire épais.

— Je crois que la vendeuse vous intéresse plus que le tableau... Mais, dites-moi, j'espère n'avoir pas commis une imprudence en vous donnant le nom et l'adresse de la personne... Je dois toucher une commission de dix pour cent, c'est convenu entre nous.

— Je vous les donnerai, vos dix pour cent... Quant à Mlle Samson, elle touchera intégralement la somme qu'elle demande.

— C'est bon... j'ai confiance dans votre loyauté... Ecrivez à la demoiselle. Et c'est elle-même qui vous apportera le tableau, mon rôle est terminé.

— Mlle Samson aura ma lettre ce soir même.

Jacques sortit, nerveux, sans regretter son geste. Certes, une somme de cinq mille francs était importante pour son budget. Il en serait quitte pour remettre son voyage outre-Manche à une autre date... Et puis cet élan allait lui permettre de revoir la fille de l'illustre romancier :

— Geneviève Samson, institutrice, murmurait-il attendri, ah! je n'ai pas été long à le percer, le mystère, les circonstances se sont montrées assez indiscrètes...

Le bel ouvrage, le dernier peut-être, sorti de l'imagination de Daniel Chambaud, après l'avoir enthousiasmé, l'intriguait. Il voyait maintenant dans ces pages douloureuses une œuvre prophétique; c'était le cri de détresse de l'écrivain qui sent ses facultés lui échapper, qui voit arriver le moment fatal où, dans le vertige d'une vie luxueuse, la matérielle deviendra pour les siens un angoissant problème. Autour de lui, c'est encore l'opulence aux yeux fermés, la vie large, avec une femme trop jeune, habituée à ne pas compter. Demain ce sera la gêne, cette gêne qui précède de si près la misère. Et son cerveau s'obscurcit lentement... Tout ce qui bouillonnait encore dans cette imagination brillante devient un bloc, comme le tombeau de grandes et belles pensées... Plus d'avances chez l'éditeur... Plus de secours proportionnés aux besoins de la maison... Il va se voir dans la nécessité de vendre un à un les tableaux et les objets d'art qui enjolivaient le décor de sa vie, et à quel prix! Le voilà bien, l'envers de la gloire avec tout son cortège de cruautés... Demain plus de salon, plus d'amis, plus rien que le spectre insolent de l'ingratitude... Oh! les dernières pages de ce livre poignant qui mouillerait les yeux les plus secs!

— Pauvre grand maître! soupira Jacques. Plus de doute, C'est là le roman de son pressentiment, c'est lui le héros du volume, c'est sa fille, cette Jeanne résignée, stoïque, qui prend un nom d'emprunt pour courir les antiquaires. Il a vu le mal venir, il l'a décrit dans toute sa poignante laideur... Demain, j'aurai un entretien avec cette petite... Je voudrais l'amener à révéler le drame. Je lui dirais alors toute l'admiration dévouée que j'ai pour son père et pour elle... Pauvre naufragée, élevée dans ce luxe d'or faux où tout n'est que trompe-l'œil, qui va connaître les privations de toute sorte, les grimaces réservées aux vaincus, les colères menaçantes des créanciers qui ne croient plus aux promesses, les ruines là où s'étalait l'opulence... Si je pouvais lui parler à cœur ouvert, soutenir son courage, m'imposer à sa pensée, la guider et la suivre dans ce chemin d'épines que lui prépare l'avenir!...

Jacques, fiévreux, regagna le modeste hôtel de la *Coupe d'Or*. D'une plume rapide, il traça ces quelques mots :

« Mademoiselle,

« Je serais acquéreur d'un tableau que vous désirez vendre et que j'ai aperçu chez M. Romain, l'antiquaire. Je connais le prix de ce tableau et suis prêt à vous en verser intégralement le montant, mais en mains propres. Si donc je pouvais compter sur votre visite, j'en serais infiniment honoré. Veuillez agréer, mademoiselle, etc., etc. »

II

Le lendemain matin, Claudette arrivait de bonne heure à l'hôtel de la *Coupe d'Or*. Timide, rougissante, son tableau enveloppé sous le bras, elle fut invitée à attendre dans le petit salon, tandis qu'une servante montait prévenir Jacques :

— Une jeune fille qui désirerait parler à monsieur.

Un léger tremblement l'agitait.

— Elle... Je vais la revoir...

Quelle fête dans cette âme ardente!

Un coup de brosse aux cheveux en désordre, un rapide examen de sa tenue, et il descendit, cherchant à surmonter sa timidité.

Voyant devant elle celui qui avait été le témoin de sa chute, qui l'avait tenue évanouie dans ses bras, Claudette ne put dissimuler son trouble :

— Vous?... Quelle surprise!... Aurais-je pu croire?

Ils demeurèrent un long moment aussi gênés l'un que l'autre. Enfin, Jacques prononça, presque familier :

— Je suis heureux de vous revoir... Ce tableau m'a plu infiniment... Je vous aurais épargné la peine de venir si...

Elle l'interrompit tout en déployant le papier qui enveloppait le tableau :

— Je n'aurais pas voulu que, dans la maison où je suis institutrice, on sût que je voulais vendre ce tableau...

Elle n'osait lever les yeux, craignant que son regard avouât le mensonge.

Il se grisait du parfum d'iris qu'elle venait de répandre et fit un violent effort sur lui-même pour déclarer ingénument :

— Et puis, je voulais vous connaître... causer plus longtemps avec vous... Je ne sais comment vous avouer...

Elle sentait l'aveu venir. Il était au bord des lèvres de l'interlocuteur. Elle l'eût goûté avec une âpre joie. Mais elle devait défendre son incognito. Elle glissa dans son porte-cartes les cinq billets de mille francs, puis :

— Hélas, monsieur, de mon côté j'aurais été ravie, mais je dois partir bientôt, loin, très loin...

— Comment, je ne pourrai pas espérer vous revoir?

— Non, c'est impossible... J'accompagne une famille en Amérique... Reviendrai-je jamais en France? Adieu, monsieur, adieu... Merci de tout cœur... Je ne pensais pas que mon sauveur de l'autre jour se doublerait d'un bienfaiteur.

Elle avait un sourire si triste en disant cela qu'il en fut pénétré jusqu'au cœur.

— Au moins, mademoiselle, acceptez que je vous donne mon adresse à Paris... Et si, par hasard, une difficulté surgissait dans votre vie, ne craignez pas de faire appel à mon dévouement.

Elle prit la carte qu'il lui tendait, trop émue pour répondre par de longs remerciements. Ses yeux reconnaissants parlaient pour elle. Et elle s'enfuit...

— Cette fois, dit-il en courant à la porte pour la suivre des yeux, je suis fou de cette petite, fou, fou à commettre des imprudences...

Alors il monta dans sa chambre avec le petit tableau, l'enveloppa précieusement puis, sur une carte de visite, il écrivit ces simples mots :

« Cher maître,

« Veuillez permettre à l'un des humbles admirateurs de votre beau talent de vous offrir cette petite toile avec l'expression de ses sentiments respectueux et dévoués.

« Jacques Dauberval. »

Puis il sonna le garçon :

— Voici un tableau très fragile qui devra être porté au destinataire dans le plus bref délai.

Le garçon prit le tableau et promit :

— Monsieur peut être tranquille. Le groom qui le portera en prendra le plus grand soin.

III

Cette visite à Jacques avait fortement remué Claudette. Tout en pédalant vers Puys, elle avait lu et relu la carte où s'étalait en fine cursive ces noms :

« Jacques Dauberval, avenue Trudaine, Paris. »

Elle murmurait :

— Oh! le revoir... le revoir... mais comment?

En arrivant à la villa, elle trouva son père seul. Sa mère, dans un éclatant costume de bain, qui avantageait encore son beau corps souple, allait au-devant de la vague. Des snobs qui se réjouissaient les yeux au spectacle des baignades féminines annonçaient à demi-voix :

— Voici la belle Mme Chambaud... Qu'on se le dise!

Et ils s'avançaient pour mieux la voir.

D'une grande baie vitrée, le vieux Daniel, étendu sur sa chaise longue, fixait son œil morne sur la plage. Et cet œil n'avait déjà plus la force de regarder celle qu'il avait tant adorée, sur laquelle les années glissaient comme si elles étaient impuissantes à la veillir...

Soudain, la porte s'ouvrit. Claudette se précipita vers son père, le visage heureux, une flamme dans les yeux.

Il balbutia de sa voix éteinte :

— Petite folle... Tu m'as fait peur!...

Elle s'était agenouillée devant lui, baisant sa longue main blanche décolorée, puis :

— J'ai vendu le tableau... cinq mille francs net... Quelle étrange affaire!... Celui qui l'a acheté est ce jeune homme complaisant qui fut si gentil pour moi lorsque je tombai de bicyclette...

Le visage de Daniel était resté impassible, comme incapable désormais de traduire une joie.

Il fit, d'un souffle oppressé :

— Il faudra... prélever... douze cents francs pour la cuisinière... Nous lui devons un an de gages... à cette brave fille... Tu ne l'oublies pas?

— Tu peux être tranquille, je vais faire tous mes petits comptes.

— Écoute, mon enfant... Puisque ta mère est absente... je te dois un aveu... Je tremble à l'idée... de la situation qui nous sera faite demain... Tu entends... je tremble... A toi, maintenant, je peux tout dire... tout dire...

Alors d'une voix hachée, haletante, il reparla de la vie fastueuse qu'ils avaient menée, des sommes énormes dépensées, gaspillées par Mme Chambaud, des dettes contractées chez son éditeur, des avances qu'avaient bien voulu lui consentir la société des Gens de Lettres et la Société des Auteurs dramatiques.

Elle le gourmanda :

— Mais, papa, je le sais, ne t'inquiète pas... Oublie donc toutes ces choses pénibles, ça te fait mal...

Il ajouta, têtu :

— Ce n'est pas tout, il y a encore quelque chose que tu ignores : à cette heure, je dois trois cent mille francs à Henric... Que va-t-il penser de ma solvabilité lorsqu'il va me voir sur cette chaise... incapable désormais de me mouvoir... d'écrire une seule ligne?... Car, je le sens bien... je suis perdu...

Vite Claudette lui mit une main sur la bouche, suppliant :

— Papa, papa... Je t'en prie... Non, non... je ne veux pas!... Tu vivras, mon cher papa, tu retrouveras bientôt la santé, la force d'écrire d'autres chefs-d'œuvre... Nous paierons nos dettes... Et puis nous réduirons notre train de maison... Tu verras... je raisonnerai maman... Je saurai m'y prendre... Elle accepte tout ce que dit sa petite Claudette...

— Pauvre petite... pauvre petite, fit-il d'un ton si navrant que les yeux de Claudette se voilèrent.

A ce moment, la femme de chambre frappa et remit à Claudette le colis envoyé par Jacques :

— C'est un groom de l'*Hôtel de la Coupe d'Or* qui apporte ceci pour monsieur.

— Merci, fit-elle intriguée, vous donnerez quelque chose au commissionnaire.

Rien qu'aux mots *Hôtel de la Coupe d'Or*, son cœur avait battu. Quand la servante eut fermé la porte, Claudette tira le tableau du papier qui l'enveloppait. Une grosse émotion la saisit. Et cette émotion s'accrut encore lorsqu'elle lut l'écriture de Jacques :

« Veuillez permettre à l'un des humbles admirateurs de votre beau talent..., etc., etc... »

— Père, père... C'est de lui... Il te fait cadeau du tableau...

Le vieillard leva vers son enfant des yeux où il y avait de la méfiance, puis, sévèrement :

— Alors, tu as dit quelque chose?... Il sait qui tu es?

— Non, père, non, je te le jure, fit-elle candide. Une simple coïncidence... Tu sais bien que je ne sais pas mentir... Voyons, mon cher papa... Oh! ce regard soupçonneux... Je lui ai fait mes adieux... Il croit que je pars pour le nouveau-monde... Il en est persuadé... Il a manifesté le désir de me revoir, mais...

— Etrange!...

— Alors, que doit-on faire?

Le vieux Daniel devenait nerveux.

— Il ne faut pas qu'il vienne, tu entends. Il ne faut pas qu'il sache... S'il te voyait, il saurait que Daniel Chambaud en est réduit à vendre ses tableaux... ses objets d'arts...

— Ne t'anime pas ainsi, cela te fait mal.

— Ce serait révéler la situation... Il ne connaît pas ton écriture, Ecris-lui donc : « Mon père très souffrant s'excuse près de vous de ne pouvoir vous remercier lui-même d'une attention qui lui a été extrêmement sensible... »

IV

Jacques venait de recevoir la petite carte de remerciements. Il la lut avec attendrissement.

— Brave petite qui me croit dans l'ignorance de son secret...

Il avait compté sur un mot l'invitant à venir recevoir lui-même les remerciements du maître.

Au lieu de cela, les quelques lignes de la pseudo-Mlle Samson semblaient devoir mettre un point final à cette ébauche d'idylle.

Au temps magnifique qui avait égayé cette première quinzaine de juillet venait de succéder une terrible tempête. Depuis quatre jours, la mer était démontée. Et cet affreux temps avait coûté la vie à cinq pêcheurs dont le flot avait ramené les cadavres sur la grève...

Ce jour-là, Jacques était plus nerveux que de coutume. En promenant son désœuvrement dans la grande rue, sous un ciel incertain, où passaient des nuages d'encre poussés par un vent de tempête, Jacques vit défiler les convois des cinq matelots. Et sa profonde mélancolie s'accrut encore à ce spectacle navrant...

Mais voilà qu'en gagnant le port, il s'entendit appeler.

— Jacques, Jacques.

Il vit alors son ami Pierre Derieux, une valise à la main, qui accourait.

Depuis quelques mois déjà Jacques n'avait vu le joyeux garçon. Tous deux s'étaient connus à la guerre. Ils étaient sous-lieutenants d'artillerie. Après le grand choc, ils s'étaient fréquentés. Puis, plusieurs voyages d'affaires entrepris par Pierre à l'étranger avaient interrompu ces relations amicales.

Tous deux avaient des caractères nettement différents. Et l'humeur enjouée de Pierre n'était pas faite pour s'accommoder du caractère rêveur et mystique de Jacques. Pourtant Pierre se montra enchanté de rencontrer un ami au milieu de la tristesse funèbre qui planait en ce moment sur la ville. Quant à Jacques, il fut ravi de voir surgir un confident qui saurait l'écouter avec intérêt.

— Quoi, toi ici? s'écria Pierre. Quelle chance!

— Cher ami, je puis en dire autant en te voyant.

— Pour combien de temps es-tu ici?

— Je ne sais pas encore... Au moins deux mois, peut-être davantage. Tout dépend d'une affaire qui me préoccupe et que je te narrerai plus tard.

— Moi je ne suis guère fixé non plus, mais si je ne t'avais jas rencontré, je n'aurais pas moisi à Dieppe... Je filais à Varangeville ou à Pourville... J'arrive ici joyeusement et je tombe au milieu des convois funéraires; du coup, cela m'a retiré tout mon bel entrain.

Il avait passé fraternellement le bras sous celui de son ami :

— Dis donc, tu es descendu à l'hôtel, toi?

— Oui, à l'*Hôtel de la Coupe d'Or*, je vais t'y conduire.

— On voit bien que tu es riche.

— Oh! riche!... protesta Jacques.

— Je préférerais trouver une chambre et je prendrais mes repas dans un restaurant modeste : les temps sont durs.

Une idée traversa l'esprit de Jacques.

— Ecoute... Je vais te conduire jusqu'à la porte d'une dame Hertz qui a peut-être quelque chose à louer... Si tu réussis, cela te rendra service tout en m'étant très agréable.

— Conduis-moi chez cette dame, tu me recommanderas.

— Inutile; elle ne me connaît que pour m'avoir vu quelques instants... D'ailleurs, il vaut mieux que je ne me fasse pas voir...

— Allons, bon... Encore un mystère là-dessous?

— Oui et non.

— Grand ténébreux... Dis-moi au moins quelques mots de cette affaire?

— Une simple histoire d'amour qui n'en est qu'au début du prologue.

— Tiens, tiens, toi qui, dans tes loisirs, écris des histoires d'amour, vas-tu te mettre à en vivre une enfin?

— Peut-être... Une sérieuse...

— Alors conte-moi ça...

— Bien volontiers... Avec le caractère entreprenant que je te connais, tu pourras m'aider à réussir... Je suis fou d'une jeune fille...

— Et cette personne est peut-être également folle de toi?

— N'anticipe pas, Claude!... La propre fille de Daniel Chambaud.

— Oh! Oh!... Une fille de grand écrivain, cela pourrait être intéressant pour toi... De la renommée et de l'argent sans doute, tout à la fois?

Jacques eut un soupir :

— De l'argent?... Hélas! non... D'ailleurs, écoute-moi...

Alors le jeune homme expliqua l'aventure dans tous ses détails. Pierre l'écoutait avec le plus vif intérêt. Il lui en coûtait de ne pouvoir répondre avec sa franchise coutumière :

L'agitation de sa maîtresse la frappa (p. 8).

— Halte-là!... Ne va pas plus loin... Oublie la fille de Daniel Chambaud, oublie ton beau rêve d'amour... Tu vas te fourvoyer dans une famille aux abois, où la gêne prend une tournure aiguë, où tout n'est que façade... Ta candide sentimentalité en souffrira... Tu ne seras toléré, dans cette famille, que pour les services que tu rendras... Fuis comme la peste cette bohème dorée...

Mais il sentait Jacques si fortement épris qu'il hésita.

Tandis que Pierre pénétrait dans la maison de Mme Hertz, Jacques, fébrile, l'attendait devant un magasin de curiosités... Il finit par s'impatienter. Pierre ne revenait pas. C'était bon signe, d'ailleurs. Mais quelle location laborieuse!

Enfin, Pierre apparut, l'air satisfait :

— C'est conclu, cher ami, me voici le locataire de Mme Hertz... Mieux que cela, j'ai vu Mlle Chambaud.

— Vrai? rayonna Jacques... Elle est là?... Allons nous poster plus loin que je la voie... moi aussi...

— Elle est délicieuse, cette petite... Et je comprends que tu sois pincé... Nous avons échangé quelques mots, elle m'a vanté le charme des environs... Parions qu'avant peu, j'y serai admis, reçu, dans la villa du maître?

Une sourde jalousie fit tiquer Jacques. Pierre se rendit compte de l'effet produit par sa bravade.

— Pas d'inquiétude, vieux, fit-il en passant le bras sous celui de son ami... Je ne te couperai pas l'herbe sous le pied, ne crains rien, je ne suis pas de ceux-là!... Au contraire, je t'aiderai dans la mesure du possible à réaliser ton rêve... Tu y viendras, toi aussi, grand timide, et tu verras que ça s'arrangera très bien, que Mlle Chambaud ne tiendra pas rigueur à Jacques Dauberval d'avoir démasqué Geneviève Samson...

V

Le temps s'était remis au beau fixe.

Ce soir-là, le vieux Daniel, de sa grande baie vitrée, reposait son regard à demi éteint sur l'immense nappe d'eau où se jouaient les rayons de lune.

Près de lui, assise sur un *rocking*, Claudette caressait la longue main glacée qu'elle essayait de réchauffer.

— Tu n'as pas froid, père?

— Non, dit-il.

Un long silence, puis :

— Où est donc ta mère?

— Mon petit papa, tu sais que les Chassagne sont venus la prendre en auto... Il y a un grand concert de musique moderne au casino de Dieppe.

Il sortit de sa torpeur :

— Ah! c'est vrai, c'est vrai... Pauvre mémoire! C'est le vide!... Chère Claudette, si dévouée, que je prive de ce concert!

— Est-ce que je ne préfère pas rester près de toi?...

— Cher ange qui devrais profiter de toutes les joies de la jeunesse... Espérons que tu seras récompensée un jour pour les heures moroses que tu m'as sacrifiées... Il y a un changement chez toi, depuis quelques jours... avoue...

Elle n'aurait rien dit, certes, mais puisque son père l'y contraignait, sa franchise déborda :

— Eh bien, oui, mon cher papa, ce garçon me plaît... Il est toujours là, dans mes rêveries...

— Est-il riche au moins?

— Non, dans la conversation que nous avons eue, lorsque je lui ai apporté le tableau, il m'a avoué que sa situation était des plus modestes...

Daniel eut un dodelinement de tête qui signifiait :

— N'en parlons plus.

Bientôt il manifesta le désir d'être transporté sur son lit. Claudette appela Mariette, la femme de chambre. Toutes deux enlevèrent ce corps qui, bien que terriblement amaigri, était assez pesant.

Toutes deux déshabillèrent le vieillard qui, pendant l'opération, avait toujours un mot aimable pour elles :

— Quelle peine je vous donne, mes chères gardes-malade... Sans vous, qu'est-ce que je deviendrais?... Merci, merci...

Puis Claudette attendit que son père fût endormi pour gagner la petite chambre aux tentures bleu ciel qu'elle occupait au deuxième étage de la villa...

Pendant deux longues heures, elle guetta à la fenêtre. Enfin une auto s'arrêta devant la grille. Claudette perçut les rires de sa mère, exprimant ses remerciements aux Chassagne.

Vite, elle courut au-devant de Mme Chambaud, qui paraissait si jeune dans sa robe de satin de Chine mauve, et qui n'avait jamais été plus en beauté que ce soir-là. Elle entra de son pas décidé, les yeux étincelants, le sang un peu à fleur de peau, puis, embrassant affectueusement Claudette :

— Oh! très bien, parfait, ce concert... Et ici rien de neuf?... Ton père?

Et sans attendre de réponse :

— Mariette, vite, notre chocolat... J'ai une de ces faims... Tu sais, Claudette, j'ai entendu cet air de Haydn, que joue à ravir Mlle Blanca, tu sais bien, tra la la la la... la la la la la...

A ce moment, Mariette apportait les tasses.

— Dites, Mariette, les deux chambres sont prêtes pour M. Henric et son fils ?

— Oui, madame...

— C'est parfait... Faites voir ce beurre? C'est du frais, n'est-ce pas?

— C'est celui qu'on a apporté ce matin de la ferme... A propos, ils ont apporté la note... alors ils ont demandé...

Elle éluda la question :

— Ça va bien, ça va bien... mettez-la avec les autres... L'avez-vous vérifiée... qu'on ne nous réclame pas ce qui n'est pas dû... Vite, Mariette, ce bon chocolat...

Elle frappa ses mains, exagérément chargées de bagues, et se tournant vers Claudette :

— Enfin, nous allons avoir du monde demain, ça va nous distraire... Et puis après ceux-là, d'autres encore... On ne peut pas vivre comme des sauvages, ça deviendrait monotone...

— Tu ne crains pas que cela fatigue papa?

— Ton père, ton père... Je le trouve beaucoup mieux, ton père, sais-tu... Par moments, ses yeux s'animent... Ce n'est pas ton avis?... Dis donc, Claudette, j'ai fait une relation au concert. Je l'inviterai, ce jeune homme...

— Quel jeune homme?

— Oh! un jeune homme très chic, fort galant, qui est venu s'asseoir près de moi... Figure-toi qu'il a loué une chambre chez notre ancienne bonne...

— C'est celui que j'ai vu chez Mme Hertz, avec qui j'ai échangé quelques mots.

— Tu ne me l'avais pas dit... Oh! la cachottière!... Tout à ton père, jamais rien à moi... N'est-ce pas qu'il est très bien?...

Elle eut une petite moue vague :

— Oui, pas mal...

— Il était avec un autre jeune homme qui n'a pas desserré les dents de toute la soirée... un timide... Nous les inviterons... Ça nous fera de la société... Il nous faut du monde, du monde... Depuis des années et des années que je sens de l'animation autour de moi, le monde m'est devenu indispensable... Je finirais par en attraper une maladie de nerfs...

Elle sortit de l'échancrure de son corsage une carte de visite toute tordue :

— Voici le nom de mon *flirt* : M. Pierre Derieux, avocat... De très belles toilettes, ce soir, au casino... Il y aura un concert encore plus brillant dans quinze jours... Je veux absolument que tu viennes... Tu ne vas pas t'enterrer ici...

— Et papa?

— Pour deux ou trois heures, Mariette veillera près de ton père... Allons, ne fais pas ta moue... Tiens, reprends du beurre... Tu es terrible... Tu n'aimes pas le monde, toi... Vois-tu, ma chérie, plus j'avance en âge, plus j'ai besoin de vivre... Oh! vivre, vivre!... Ne pas regretter un jour d'avoir perdu mon temps!... Reprends donc du beurre... Tu as peur d'en mettre sur ton pain. Ah! tu l'as, toi, le sentiment de l'économie... J'avoue que moi...

Elle n'acheva pas, posa sa serviette sur la table :

— Mariette, nous n'avons plus besoin de vous. Vous pouvez monter vous coucher...

Alors, suivie de Claudette, elle se dirigea vers la chambre de son mari, entra à pas feutrés, s'approcha du lit et chuchota :

— Il dort... Bon signe... Il a retrouvé son sommeil...

Et elle s'enfuit précipitamment, le bras passé sous celui de Claudette. Toutes deux s'engagèrent dans l'escalier.

— Viens me conseiller, toi, fit Mme Chambaud, pour me dire quelle robe je dois mettre demain afin de recevoir dignement ces messieurs Henric.

IV.

Le lendemain, vers dix heures du matin, une luxueuse torpedo déposait M. Henric et son fils devant la villa.

Mme Chambaud leur apparut entre deux haies de roses :

— Voici mes voyageurs, s'écria-t-elle la main tendue, main sur laquelle s'inclina M. Henric.

— Madame... ravi de vous voir, toujours aussi accueillante et belle... Je vous présente mon fils.

Henric était un homme un peu lourd, correct, d'une élégance sobre. Chauve, binoclé, plutôt laid, il donnait l'impression d'un homme d'affaires. Son fils, très grand, très chic, les cheveux noirs, luisants, en cascade sur la nuque, rasé comme un Yankee, l'air froid, la voix sonore, les yeux durs, était de ces jeunes gens dont on ne dit rien, sinon qu'ils ont de la chance d'être nés d'un père riche et de trouver la route toute jonchée de chèques devant eux.

Tout de suite Henric s'informa :

— Et ce pauvre Daniel?

— Pas très bien... Il se frappe... Ce matin, encore, je l'ai grondé... Il voulait me faire ses dernières recommandations... Pourtant, le docteur Ardel a de l'espoir, beaucoup d'espoir... Le grand air, la tranquillité d'esprit lui font si grand bien... Mais il pense toujours, alors que le docteur lui a interdit jusqu'à nouvel ordre, tout effort d'imagination...

Elle appela :

— Claudette, Claudette... Viens donc m'aider à recevoir ces messieurs, voyons, petite sauvage! Ah! messieurs, ma fille ne se plaît que dans le recueillement... Elle n'est pas comme moi, par exemple...

Claudette apparut dans une robe de taffetas crème. Son impressionnante beauté excita aussitôt l'attention de Paul. Rougissante, timide, elle s'avança vers M. Henric, qui prit la liberté de l'embrasser sur les joues en disant :

— Une enfant que j'ai connue si petite... J'en ai bien le droit...

Et il présenta son fils. Les deux jeunes gens se saluèrent cérémonieusement. Aucun élan, aucun trouble. Mme Chambaud précéda le père et le fils dans la maison :

— Mon mari sera bien heureux de vous voir, monsieur Henric. Il s'impatientait.

Elle ouvrit la porte du salon. Henric se précipita vers le malade. Celui-ci lut aussitôt sur le visage de son ami l'impression fâcheuse qu'il venait de causer.

— Tu vois, tu vois, chevrota l'écrivain cloué!... Condamné à l'immobilité la plus complète!... Le corps au repos, le cerveau au repos...

Il s'efforça de sourire :

— Oh! ça reviendra... Cet hiver, on rattrapera le temps perdu... On gagnera de l'argent...

Henric, les yeux fixés sur cette ruine, l'écoutait mentir sans sourciller, habitué aux mensonges des gens de banque.

Daniel regarda Paul, qui s'était approché respectueusement à l'appel de son père, et murmura :

— Beau garçon, très beau garçon... Dix ans de colonies l'ont rendu robuste.

Mais il était nerveux. Il lui tardait d'êter seul avec Henric.

— Sauvez-vous, fit-il à sa femme et à Claudette, laisser-moi seul avec ce vieil ami... Nous avons tant de choses à nous dire...

— Oui, partons, répondit Mme Chambaud.

Elle entraîna sa fille et Paul dans le jardin, puis invoqua un prétexte pour les laisser seuls...

Daniel s'étant assuré que les portes étaient bien fermées, dit à Henric :

— Approche, mon vieux camarade... Assieds-toi là, près de moi... Encore plus près... C'est très bien... Maintenant écoute... Je vais faire encore appel à ton obligeance... Tu es un ami sûr... Tu ne m'as jamais abandonné au milieu de mes ennuis d'argent... Ce n'est pas maintenant que tu me vois momentanément effondré que tu me lâcheras... N'est-ce pas, mon bon ami Henric?

Sa main osseuse s'agrippait à la manche de son hôte. Son regard se faisait suppliant :

— J'aurais besoin de vingt mille francs... Je te promets que ce sera le dernier emprunt... Je te le jure, mon bon Henric.

L'interlocuteur de Daniel eut un léger rictus qui glaça Daniel. Déjà, celui-ci voyait la réponse venir sur les lèvres où se dessinait la moue qui précède les refus.

— Impossible pour le moment, Daniel, absolument impossible... Je viens d'avoir de gros frais... Les charges sont devenues accablantes... Avec cela, quelques mauvaises affaires en Bourse.

Tout un drame se déroulait sur le visage du malade.

Henric poursuivit, impassible :

— Et justement, puisqu'il est question d'emprunt, je voulais te parler d'un règlement pour la somme importante que je t'ai avancée... Je ne puis vraiment pas frustrer la succession de Paul d'une pareille somme... Voyons, comment comptes-tu te libérer?

Le visage de Daniel était devenu pitoyable.

Henric eut pitié. Avec un hypocrite tapotement de main :

— Ne te trouble pas, Daniel... Tu es fatigué... Je suis ici pour huit jours... Nous parlerons de cette affaire quand tu seras plus dispos...

Il s'était levé. Il écarta sa chaise.

Daniel le happa par la manche :

— Rien de tout cela à ma femme... Elle ignore tout... Je n'ai jamais voulu troubler son bonheur avec des chiffres...

— Promis, promis, fit Henric évasivement...

Il lui tardait de s'éloigner du malheureux définitivement effondré, de ce moribond qui jusqu'au dernier moment voulait donner l'impression de l'opulence...

Déjà il se dirigeait dans le jardin où son fils

et Claudette s'entretenaient amicalement. Mais il tardait à Claudette que l'entretien prît fin. Elle se doutait des questions qui avaient été débattues. Elle s'excusa auprès de ces messieurs de les abandonner un moment, et courut vers son père...

Henric, les jambes un peu flasques, attira son fils vers un banc. Et, dans son rude langage d'homme positif :

— Tu sais, c'est bien ce qu'on disait... Il est fini, fini... usé... C'est le désastre...

— En effet, je m'en suis rendu compte... A la troisième attaque... nettoyé... Et tes trois cent mille francs?

— Ne parlons pas de cela pour l'instant... Il voulait m'emprunter encore vingt mille francs... J'ai cru qu'il tournerait de l'œil lorsque j'ai refusé... Voyons, envisageons les choses à un autre point de vue... Je t'ai vanté toutes les qualités de Claudette... Je ne reviens pas là-dessus... Te plaît-elle?

— Oui, elle me plaît.

— Beaucoup?

— Suffisamment pour que je consente à l'épouser, bien qu'elle soit sans dot.

— Bah! je vous laisserai assez à tous deux... Puis-je en parler à son père?... Si oui, l'affaire est réglée d'avance.

— Tu peux marcher à fond...

Tandis que le père et le fils s'entretenaient à demi-voix, Mme Chambaud sortait du petit fumoir contigu au salon. Elle était dans un état de nervosité extrême. Le sang aux pommettes, elle s'éventait avec son mouchoir.

— Ainsi, murmurait-elle, Henric a avancé une somme importante à Daniel, et je n'en ai jamais rien su... On m'a tout caché... J'ai toujours cru que mon mari pouvait satisfaire à nos besoins avec l'argent que lui rapportaient ses livres et son théâtre... Je pensais qu'il en avait encore en réserve, que notre tranquillité présente n'était pas encore à la merci d'un emprunt. Quelle situation! grands dieux!... Et Claudette qui ne m'a rien révélé à moi, sa mère!... Une mère n'est-elle pas la meilleure des confidentes? Oh! c'est mal, c'est très mal... Car Claudette le savait... Son père lui dit tout... J'étais un zéro, moi, le grand objet de luxe!

Mariette passait à ce moment. L'agitation de sa maîtresse la frappa, son visage altéré lui donna des inquiétudes.

— Est-ce que madame se sent souffrante?

— Oh! rien, mes vapeurs... Dites, Mariette, prévenez la cuisinière que M. Henric aime la viande bien saignante... Que le gigot ne soit pas trop cuit...

Puis elle monta l'escalier rageusement, entra dans son cabinet de toilette, se pomponna le visage, se farda les lèvres, arrangea ses mèches folles.

Bientôt Claudette était près d'elle :

— Papa ne va pas du tout... C'est à peine s'il me répond... Je suis inquiète.

Mme Chambaud tourna vers sa fille un regard courroucé :

— Enfin, je commence à savoir la vérité... Je ne l'ai apprise que par la ruse... Ton père s'est endetté, n'est-ce pas?... Tu le savais, et tu ne m'en disais rien?

— Mère, papa avait si peur de te faire de la peine... Je n'ai jamais vu ces yeux-là... Ne me gronde pas... Je travaillerai... Je donnerai des leçons de piano... ou bien je trouverai à me placer comme dactylo... Je serai une charge de moins pour la maison...

Sa mère l'avait saisie par le poignet.

— Il ne s'agit pas de cela... Tu connais la dette contractée par ton père. Il parle d'une somme considérable... A combien se monte cette somme?

— Papa m'a défendu...

Elle frappa du pied et, secouant Claudette :

— Il faut tout dire, tu entends, tu me dois la vérité... Je suis quelque chose, ici!

— Tu veux savoir?... Trois cent mille francs.

— Trois cent mille francs, répéta Renée, la bouche arrondie... Mais c'est effrayant!... Trois cent mille francs!... Comment ton père a-t-il pu emprunter une pareille somme?... Comment Henric a-t-il pu l'avancer?... Et moi qui croyais les droits d'auteur de Daniel inépuisables... Trois cent mille francs! Mais c'est de la folie!...

Elle oubliait du coup toutes ses prodigalités... Telle une enfant ingrate, choyée, gâtée, adulée, dont les moindres désirs sont des ordres, elle en voulait maintenant au vieux Daniel de n'avoir pas su imposer un maximum de budget pour toutes les dépenses ordinaires et extraordinaires.

— Et en voilà le résultat, conclut-elle, ton père qui s'éteint de jour en jour, bientôt la gêne, puis la misère à notre porte.

Claudette se mit à pleurer. Les larmes de la pauvre enfant irritèrent Renée :

— Quand tu pleureras!... C'est toi qui t'occupais des comptes de la maison, tu aurais dû me dire que nos dépenses étaient bien au-dessus de ce que gagnait ton père?

— Mais je n'en savais ren, maman, il y a peu de temps que papa m'a avoué la vérité...

— Tais-toi, tais-toi... Tu mens... Et puis, fais-moi le plaisir d'éponger ces yeux, de ne pas paraître à table avec un air d'enterrement... Il faut savoir sourire, même lorsqu'on est absorbé par des préoccupations affligeantes. Tu ne seras jamais une femme du monde... Allons, viens ici...

Le ton de sa voix se radoucissait. Elle passa délicatement son mouchoir sur les yeux de Claudette, prit le pompon de poudre de riz, en caressa les joues à son enfant.

— Grosse bête, c'est pour ce que je t'ai dit que tu pleures?... N'y fais pas attention... Tu sais bien que je suis vive... mais qu'au fond de tout cela il n'y a qu'une grosse, grosse affection pour ma grande... Te voir travailler, toi, comme dactylo dans quelque bureau d'industriel, allons donc, jamais de la vie!... Je ne le pourrais pas... Je tâcherai de me débrouiller, va, sois tranquille! Et puis, la fille de Daniel Chambaud, habituée à briller dans le monde, ne peut accepter tous les emplois... Allons, viens m'embrasser...

Elle étreignit sa fille. Et toutes deux restèrent un bon moment joue contre joue...

Mariette les surprit dans cette position.

— Madame est servie...

— Allons bon, s'écria Mme Chambaud, redevenue soudain d'une humeur enjouée, et nous qui abandonnons nos convives... C'est incorrect!

VII

Ce soir-là, Jacques et Pierre revenaient d'une excursion à Arques. Depuis quelques jours ils se donnaient du mouvement : Jacques, pour secouer sa mélancolie envahissante, Pierre par un besoin de déplacement qu'exigeait sa nature éminemment sportive.

Cinq heures sonnaient. Les deux jeunes gens prirent congé l'un de l'autre en se donnant rendez-vous après le dîner. Pierre avait loué deux places au théâtre, où une troupe de la Comédie-Française donnait une représentation de *Maman Colibri*.

— A tout à l'heure, ami.

— A tout à l'heure.

Jacques regagna son hôtel. En passant devant le bureau, il entendit appeler :

— Monsieur Dauberval, une lettre pour vous... Une jeune fille qui l'a écrite ici, il y a environ une demi-heure... Elle doit repasser...

— Merci, fit Jacques intrigué.

Il rompit l'enveloppe et lut :

« Monsieur,

« Je suis confuse de la liberté que j'ai prise en venant vous demander un entretien. J'ai regretté de ne pas vous rencontrer et je me propose de revenir. Les bontés que vous avez eues pour moi, l'accueil aimable que j'ai déjà reçu de vous m'encouragent à tenter cette démarche. Ne m'avez-vous pas promis votre aide si les circonstances m'y obligeaient? Je viens solliciter cette aide d'un galant homme. Recevez, monsieur, etc.

« Geneviève Samson. »

En lisant ces mots, Jacques tremblait de joie.

— Je vais la revoir... Quel bonheur!... Oui, oui, tous les services qu'elle exigera... Qu'elle vienne avec confiance!

La lettre mauve au parfum d'iris le grisait. La perspective de cette grande joie le rendait si distrait, qu'il faillit culbuter sur une malle placée trop près de la porte. Il s'élança dans l'escalier, monta quelques marches, puis redescendit aussitôt. Tout rouge d'émotion, il entra dans le bureau.

— Madame, madame, glissa-t-il à la préposée, cette jeune fille vient pour m'entretenir de choses importantes, je désirerais me trouver seul avec elle, et je vois que le salon de conversation commence à se remplir...

La dame le rassura :

— Il y a un petit salon à côté de mon bureau qui sera à votre disposition...

— Oh! merci, merci...

Alors il gagna sa chambre, à la hâte, l'esprit à l'envers, cherchant quelque chose et s'arrêtant tout court, ne sachant plus ce qu'il cherchait.

— Allons bon, voilà que le contentement me fait perdre la mémoire...

Mais déjà il était devant sa toilette, se lissant les cheveux à coups de brosse. Vite le temps de secouer la poussière qui adhérait à ses vêtements et il partit vers la fenêtre, faisant appel à son sang-froid, cherchant à secouer sa sotte timidité pour recevoir la fille de Daniel Chambaud avec toute la présence d'esprit et la crânerie désirables...

Tandis que Jacques attendait, Claudette sortait de chez Mme Hertz. Dans l'escalier, elle rencontra Pierre qui la salua en pensant :

— Brave Jacques, quel dommage qu'il ne m'accompagne pas, il l'aurait vue...

Certes, Claudette hésita avant de retourner à l'hôtel. Elle avait agi dans un coup de tête. La timidité, elle aussi, la privait de tout son sang-froid... Revoir celui qui avait su s'insinuer dans sa pensée et dans son cœur qui ne demandait qu'à s'épanouir, était une joie, mais une joie doublée d'un grand malaise. Elle était résolue à lui avouer son mensonge, lui dire franchement qui elle était, comme si Jacques pouvait l'ignorer encore! Brave Claudette, la candeur même! Le cœur l'emportait sur la tête!

Elle entra, d'un pas trébuchant, à l'hôtel. La dame du bureau eut un sourire indéfinissable en l'introduisant dans le petit salon dont elle avait promis l'accès à Jacques.

— Par ici, mademoiselle, donnez-vous la peine de vous asseoir... Je vais faire prévenir M. Dauberval.

A ce moment, Claudette aurait voulu pouvoir faire volte-face et s'enfuir. Toutes ses résolutions sombraient.

Jacques vint aussitôt le rejoindre, l'air dégagé. Il l'avait aperçue de sa fenêtre. Il s'efforçait de maîtriser son émotion et y réussissait.

La porte se referma sur eux. Alors il marcha, souriant, vers la jeune fille.

— Je suis heureux, très heureux de vous voir... Votre lettre m'a causé une grande joie.

Il l'invita à s'asseoir, la vit si troublée qu'il la rassura tout de suite par des mots affectueux :

— Supposez que je sois un grand frère qui ait vécu loin de vous et que vous voyez pour la première fois... Parlez-moi à cœur ouvert...

Et, afin de ne pas la gêner, il écarta son regard du sien, attendant cette confession avec un recueillement d'extase.

— En réalité, j'ai usé d'un subterfuge... Je ne suis pas institutrice, je ne m'appelle pas Geneviève Samson. Je suis la fille de Daniel Chambaud... terrassé momentanément par la maladie... Oh! monsieur, je ne vous importunerai pas longtemps par l'exposé de mes chagrins intimes... Je me suis promis de ne plus être une charge pour les miens... de les aider au contraire dans ces pénibles moments... Je suis vaillante. Je remplirais avec zèle un emploi dans un bureau... Et ce n'est pas dans notre entourage de mondains et d'oisifs que je puis dire : « Aidez-moi pour que je puisse aider à mon tour ceux que j'aime. » Ils ne comprendraient pas...

Dans un élan d'affectueuse amitié, Jacques posa la main sur celle de Claudette. Oh! cette petite main fraîche et captive qui ne se dérobait pas, qui tremblait. Quelle envie folle il éprouvait de la porter à sa bouche! Il dévisagea Claudette d'un regard plein de douceur, comme s'il quêtait toute sa confiance :

— Je sais, dit-il, que vous n'étiez pas Geneviève Samson... Oh! pardon d'avoir percé ce mystère et sans le vouloir... Le grand admirateur que je suis de votre père s'est doublé d'un ami pour vous, un ami qui ne reculera devant aucun sacrifice pour vous secourir dans la terrible phase que vous traversez...

Sa voix se faisait prenante :

— Oui, du jour où je vous ai revue, et parlé, j'ai senti qu'il y avait quelque chose de changé dans ma vie, que rien ne pourrait m'arracher à la trace de vos pas... Loin de vous, je suis comme une âme désemparée... Voyez, vous êtes venue, poussée par le destin, comme je serais allé vers vous, immanquablement, les yeux fermés.

Alors, emporté par sa fougue :

— Non, mademoiselle Claudette, je ne me résoudrai jamais à chercher pour la fille de l'illustre maître la situation même modeste qu'elle sollicite, je ne le pourrais pas. Oh! le beau et pieux mensonge, comme il vous a grandi à mes yeux... Comme j'aime votre âme aussi belle, aussi pure que votre visage... Partout où je suis, ne l'ai-je pas devant les yeux ce visage charmant! Il m'apparaît toujours dans le beau songe que je fais éveillé et qui remplit toutes mes journées... Non, Claudette, ce n'est pas vous qui travaillerez pour les vôtres, c'est moi... Comme je les aime déjà ceux que vous aimez!...

Il était frémissant, et voyait dans les yeux de Claudette que sa cause était déjà gagnée. Elle savourait le lyrisme de Jacques, mais elle était trop émue, trop timide, encore trop petite fille pour exprimer tout ce qu'elle éprouvait. Elle dit, simplement, les yeux baissés :

— J'ai parlé de vous à mon cher papa...

Ces mots lui firent plus de bien que des phrases recherchées.

Alors la conversation prit une tournure presque familière :

— Oh! que je voudrais le voir, lui être présenté... Pauvre grand homme qui a écrit de si beaux livres d'amour, comme il me comprendrait, comme il nous comprendrait...

Elle s'était levée. Alors, avec une franchise qui la mettait à l'aise, Jacques prit les deux mains de Claudette :

— Maintenant, j'espère ne plus tarder à vous revoir, à vous aider dans cette traversée des mauvais jours. Puis-je vous dire : à bientôt?

— Oui... J'espère... maman ne sait rien encore...

— Je vous laisse le soin de préparer une entrevue. Dites à votre cher papa toute l'admiration que j'ai pour lui... Je suis ingénieur, mais il y a des vocations auxquelles on ne saurait résister... J'ai écrit un grand livre... Il est resté obscur... J'ai écrit le roman d'amour que je voudrais vivre... J'en vois devant moi l'héroïne... Puis-je espérer que cet aveu attendrira votre père, et qu'il fera bon accueil à un débutant?

— Espérons! fit-elle, n'osant avouer l'état de faiblesse de l'écrivain.

Six heures sonnaient. Claudette, dont la belle assurance était revenue, s'écria :

— Comme il est tard... Je vais me faire gronder.

Il lui reprit une dernière fois la main, l'éleva vers son cœur :

— Vous n'avez plus peur de moi?

Elle se mit à rire.

— Non... Merci de votre aimable accueil...

— Plus d'adieu cette fois?

— Non, au revoir... à bientôt... Confiance...

Et elle s'enfuit prestement comme si elle avait dit une énormité. Jacques, triomphant, la regarda s'éloigner. Se retournerait-elle?... Oui.

D'un geste élégant, il lui envoya un baiser...

Si, à ce moment, sa joie était immense, il en était de même pour Claudette. Elle espérait trouver un protecteur et elle trouvait un fiancé. Et ce fiancé répondait à son idéal. Une éclaircie dans sa douleur, dans ses lourdes préoccupations. Elle eut tout à coup un regret d'être si heureuse :

— Et mon papa... mon pauvre papa... Oh! pourvu qu'il accepte... S'il savait l'aveu que j'ai fait à M. Dauberval... C'est égal, quel toupet j'ai eu de venir jusqu'à lui... Si c'était à refaire... je crois bien que je recommencerais...

VIII

Une heure avant le dîner, Henric avait eu avec Daniel un long entretien dont pas un mot n'avait échappé à Mme Chambaud aux écoutes.

Il avait été question d'un arrangement au sujet des trois cent mille francs. Henric voulait des garanties. Il insistait pour que l'écrivain en parlât à sa femme.

— Oh! Henric, supplia l'écrivain, ne trouble pas encore sa belle sérénité... Mon brave Henric, je fais appel à ta grande générosité... Je suis bien malheureux, vois-tu...

Des larmes coulaient de ses yeux caves. Il reprit d'une voix éteinte :

— Il me semble, par moments, que ma pauvre tête m'échappe... C'est le vide, l'affreux vide... Renée me croit moins frappé... S'il me fallait la laisser dans l'embarras, mon agonie serait un martyre... Oui, nous avons été prodigues, je le reconnais... Pauvre petite, je l'ai épousée trop jeune!... Je me suis plié à toutes ses fantaisies... Je lui devais cette compensation. Tous les plaisirs, toutes les joies qu'une mondaine puisse connaître, elle les a eus... Je ne croyais pas que la maladie m'aurait terrassé si tôt... je me disais : « Elle se calmera, elle s'assagira avec l'âge, et je pourrai rembourser mes dettes... » Ah! que c'est triste!

— Ecoute, proposa Henric, j'ai un projet à te présenter qui rendrait la situation moins pénible pour toi... Si nous unissions nos deux enfants?...

A ces mots, les yeux du vieillard s'animèrent :

— Vraiment?... Ton fils ne recherche pas une dot?

— C'est-à-dire que Claudette lui plait infiniment, depuis quelques jours qu'il vit près d'elle, il a appris à l'apprécier... Je le crois même un peu emballé... Et puis enfin, ce serait flatteur pour nous de voir annoncer dans les journaux le mariage de M. Paul Henric avec Mlle Claudette Chambaud, fille de l'illustre écrivain... Qu'en penses-tu, Daniel?... Ce n'est certes pas mon fils qui, après moi, mettrait ta femme dans l'embarras au sujet de cette créance.

La proposition séduisait le vieillard. Il murmura :

— Oui, oui, j'ai la certitude que Paul est un homme de cœur qui rendra ma fille heureuse, qui n'inquiétera pas ma chère femme... Je vais l'interroger, veux-tu?... J'ai hâte de savoir ce qu'elle en pensera... Appuie sur le timbre...

La femme de chambre se présenta :

— Dites à Claudette qu'elle vienne tout de suite.

— Oui, monsieur, justement elle vient de rentrer. Elle était allée à Dieppe...

Tandis que Mariette s'éloignait, Daniel priait Henric de le laisser seul avec la jeune fille.

Encore toute imprégnée du bonheur qu'avait fait naître chez elle la déclaration de Jacques, Claudette entra, courut vers son père, s'agenouilla devant lui, lui baisa la main. Elle voulait le préparer à la demande qu'elle allait lui faire, doucement, sans trop le heurter.

— Claudette, dit Daniel d'un ton grave, comment trouves-tu Paul?

Elle était si loin de s'attendre à une telle demande qu'elle en resta interdite, et fixant un long moment le malade :

— Mais... cher papa... pourquoi cette question?

— Parce que Henric vient de me demander ta main pour son fils...

Elle éprouva comme un choc violent et pâlit :

— Père, père, supplia-t-elle, je ne veux pas me marier encore; je veux rester près de toi, te soigner, te remettre sur pied... Réponds à M. Henric que je désire attendre...

Il la raisonna :

— Ma Claudette, tu ne saurais croire combien ton refus va me rendre malheureux... Je mettais tout mon espoir dans ton acceptation... Claudette, songe à l'avenir si redoutable pour ta chère maman et toi...

Ses yeux voilés de larmes se faisaient suppliants :

— Donne-moi ce dernier gage de dévouement et d'affection avant que je ne te quitte pour toujours... Claudette, un mot de toi, un seul... dis, ma Claudette... Pour toi, ce sera la vie facile, sans les noirs soucis du lendemain. Par sa mère, Paul est riche, très riche. Et, un jour, son père lui laissera une fortune considérable... Fais-le pour moi, fais-le pour ta mère... Un mot de toi encore, un seul, le mot qui doit ramener chez ton cher malade la tranquillité morale... Oh! ce mot que j'attends sur tes lèvres!...

Claudette était effondrée. L'émotion l'étranglait. Elle ne pouvait le prononcer ce mot qui allait la livrer pour une maudite question d'argent à ce Paul qu'elle n'aimait pas, qu'elle trouvait sec et fat, privé de toute sensibilité, dont la manière de comprendre la vie était si contraire à la sienne. Oh! enchaîner sa vie à celle de cet être glacial, son père pouvait-il lui infliger plus grand supplice? Que lui importait l'argent, elle, la sensitive, dont la nature romanesque était faite d'idéal, elle qui méprisait cet argent pour lequel elle avait tant souffert! Et puis quel déchirement pour celui qu'elle venait de quitter, l'homme de cœur tout enivré de sa demi-promesse! Ne s'était-elle pas familiarisée tout de suite avec cette belle âme, près de laquelle elle rêvait de se nicher, avec toute la pureté de son amour, avide d'une vie saine, modeste, obscure, fatiguée de la comédie mondaine et de ses pantins, si près de la laideur, si loin de la beauté, qui ne lui avaient réservé qu'amertume, déception et dégoût.

Daniel attendait, les yeux agrandis par l'angoisse. Elle eut l'impression très nette que son refus allait l'assommer. L'amour et la pitié qu'elle avait pour le malheureux l'emportèrent sur ses sentiments personnels. Elle laissa tomber le mot de sacrifice, le mot douloureux qui lui arrachait la gorge :

— Eh bien, oui... mais c'est pour toi, pour toi seul!... Oh! que je souffre!...

Et elle s'effondra, sanglotante, sur la poitrine du vieillard secoué d'un long souffle de soulagement...

IX

Mme Chambaud était outrée de l'acceptation pénible que son mari venait d'arracher à sa fille. Sans tenir compte que Daniel n'avait en vue que sa tranquillité future, elle se proposait d'intervenir.

A présent, elle le détestait cet Henric qui, avec ses manières cassantes de créancier récalcitrant, venait faire la loi chez eux, examinant attentivement tous les meubles et objets d'art comme s'il en faisait l'inventaire. Quant à Paul, ce grand garçon flegmatique et ricanant, elle le jugeait incapable de rendre sa fille heureuse.

Mais, fine mouche, elle savait habilement dissimuler son inimitié sous des sourires apprêtés, un verbiage excessif, des mots aimables, tout miel, auxquels se laissait pincer le vieux cœur d'Henric, si bien armé pourtant contre les sourires qui mentent.

Elle s'était repliée sur elle-même, refoulant sa franchise naturelle qui la rendait si sympathique, sachant qu'un jour elle aurait affaire à un ennemi avisé que la suprématie de l'argent rendrait redoutable.

Eh bien, oui, on lui devait trois cent mille francs, et puis après? Elle savait avec quelle facilité il l'avait gagné son argent! Et puis n'aurait-elle pas, à la mort de son mari, de quoi garantir cette somme?

— Trois cent mille francs pour lui, une paille! grommelait-elle avec sa belle inconscience.

Comment, on l'invitait en ami et voilà qu'il faisait valoir des droits de prêteur grincheux, il montrait les dents à un moribond. Il lui forçait la main pour traiter une affaire matrimoniale en dehors d'elle.

Elle cueillit sa fille au sortir du salon :

— Tu as l'air bouleversée, toi... Tu as encore pleuré! Alors, Paul te plaît, tu acceptes de l'épouser?

Claudette eut un sursaut.

— Tu sais?

— J'ai tout entendu.

— Eh bien, oui, j'accepte.

Elle darda ses yeux terriblement interrogateurs dans ceux de sa fille :

— Et ça ne te plaît pas? dis-le franchement, car, enfin, ton père et toi me mettez toujours en dehors de vos confidences.

— Que veux-tu, je m'y ferai.

— Très bien... Je n'insiste pas... Maintenant, tu vas trouver bizarre sans doute que je m'occupe du budget de la maison... Que reste-t-il ici?

— Environ dix-huit cents francs...

— C'est tout?

— C'est tout... J'ai payé hier tout ce qui était dû aux fournisseurs, plus un an de gages à la cuisinière.

— Oh! les fournisseurs pouvaient attendre... Tu leur aurais donné des acomptes...

— Je voulais une situation nette. Toujours des réclamations!... J'en étais excédée.

— Ton père a-t-il de l'argent à toucher chez son éditeur ou dans ses sociétés?

— Non... Il est leur débiteur pour d'assez fortes sommes.

Mme Chambaud maîtrisa son trouble.

— Alors, fit-elle en s'efforçant d'être calme, après les dix-huit cents francs, plus rien?

— Plus rien.

— Nous en trouverons... Dis-moi... M. Henric a loué une loge, au théâtre, pour ce soir, tu nous y accompagnes...

— Non, mère, ne me demande pas cela.

— J'en ai parlé à ton père... Il désire absolument que tu viennes avec nous; tu lui ferais de la peine si tu refusais... Il ne t'en a pas dit un mot?

— Non, mère.

— Eh bien, nous t'emmenons... Tu mettras tes bijoux.

Claudette parut mal à l'aise, puis elle avoua franchement :

— Je n'ai plus de bijoux.

— Comment?

— Pauvres bijoux... Tous engagés!

— Et je n'en savais rien!... Oh! décidément, c'est trop fort...

— Mère, mère, ne te fâche pas... Que de fois j'ai eu envie de te mettre au courant de la situation, mais j'obéissais toujours aux suggestions de ce pauvre papa qui m'ordonnait le silence...

— Tu aurais dû passer outre... J'avais le droit de savoir... Quelle situation, grands dieux, quelle situation!

Elle ouvrit précipitamment sa boîte à bijoux, choisit plusieurs bagues, puis un pendentif :

— Tiens, chérie, à défaut des tiens, en voici des bijoux.

— A quoi bon?... Je n'ai pas envie de briller, je t'assure.

— Je te l'ordonne... Profitons-en, va... Peut-être n'avons-nous plus pour longtemps à nous en parer...

Une heure après, l'auto d'Henric venait les prendre pour les conduire à Dieppe...

***

Jacques et Pierre occupaient deux places au parterre. Ils étaient arrivés bien avant le lever du rideau. Jacques, radieux, transfiguré, ne parlait que de la visite qu'il avait eue dans la soirée, de l'exquise Claudette à laquelle son aveu n'avait pas déplu, bien au contraire. Et Pierre se montrait soucieux de la joie tout enfantine de son ami.

— Si elle t'aime, si elle t'aime... concédait-il... Enfin, je ne veux pas être le père rabat-joie... Tu connais la situation... Je souhaite que tu n'aies pas de regrets...

Cette objection déplut à Jacques.

— Mais le père? ajouta vivement le jeune avocat.

— Oh! si Claudette veut... Quelles que soient les ambitions du maître pour sa fille...

A ce moment, Pierre eut une exclamation :

— Que vois-je? Regarde donc, là-bas, dans la première loge d'avant-scène... Mme Chambaud... Ta Claudette... Un monsieur poivre et sel... et un grand jeune homme brun...

Jacques avait tourné vivement les yeux vers la loge indiquée. A présent, il crispait la main sur le bras de son ami, ne sachant encore s'il devait s'alarmer de la présence du jeune homme...

Mais la toile se leva. La salle fut plongée dans la pénombre...

Jacques, les oreilles comme fermées à tout ce qui se disait sur la scène, n'avait d'yeux que pour la loge. Son regard vainement cherchait à percer la demi-obscurité. Le jeune homme qui accompagnait ces dames venait d'exciter sa jalousie féroce de timide. Un malaise, quoique atténué par les réponses réconfortables de Claudette qui chantaient encore dans sa tête, s'empara de lui.

Il répondait distraitement aux critiques de son ami, faites à voix basse, et ne tenait plus en place. Il ressentit un grand soulagement lorsque la toile tomba, et quand la lumière baigna de nouveau les visages des spectateurs.

A grands pas, Jacques et Pierre gagnèrent le couloir des loges. Justement, Mme Chambaud sortait en compagnie de M. Henric. Tous deux étaient seuls.

Au moment où les jeunes gens rejoignaient le couple, M. Henric prononçait assez haut pour être entendu de Jacques :

— Ce mariage comblera les vœux de mon fils... Claudette lui plaît beaucoup.

Jacques était allé au-devant d'une flèche au cœur. Comme tous les timides, il s'efforça de réagir.

En voyant les deux inséparables, Mme Chambaud s'était écartée d'Henric. Elle s'approcha de Pierre, montra un grand empressement pour celui qu'elle appelait son *flirt*.

— Cher monsieur... Je ne m'attendais pas à vous rencontrer ici...

Jacques, blême, était resté à l'écart.

Elle présenta Pierre à Henric :

— Me Derieux, avocat... que vous aurez l'occasion de rencontrer chez moi... Nous avons fait connaissance au Casino de Dieppe.

Henric dévisagea Pierre avec méfiance, grommelant un : « Très honoré » peu cordial.

— Et votre ami, voyons, s'écria Mme Chambaud, que fait-il, si loin de nous? On dirait que je l'intimide?... L'autre soir, au concert, il ne soufflait mot. Appelez-le donc, voyons...

— Il est très sauvage, il faut l'excuser, glissa Pierre, nature impressionnable...

Et, se précipitant vers Jacques qu'il tira par le bras :

— Allons, viens, toi!

Il condamna Jacques à comparaître devant Mme Chambaud.

— Je vous l'amène... Le voici... Jacques Dauberval.

— Mais nous nous connaissons déjà, cher monsieur, s'écria la femme du romancier en lui tendant la main... Et j'espère que nous ferons plus ample connaissance.

Tandis que Jacques balbutiait d'inintelligibles remerciements, elle ajouta :

— Voulez-vous venir tous deux, samedi, prendre le thé vers cinq heures.

— Trop aimable, remercia Pierre, nous serons exacts.

Elle s'informa :

— Ne m'avez-vous pas dit que monsieur est ingénieur?... Voyez, j'ai bonne mémoire.

— Ingénieur, et, en même temps, écrivain très distingué, révéla Pierre, ce qui augmenta la confusion de son ami, d'ailleurs, et bien que sachant que sa modestie va en être alarmée je vous remettrai son premier livre, un roman délicieux qu'il cache comme un gros péché.

— Je serai ravie de le lire.

— Oh! madame, se défendit Jacques, une œuvre de début dont je rougis.

— Les œuvres dont rougissent les écrivains sont parfois leurs meilleures, comme dit mon mari... Je vous demande pardon, je suis au regret de vous quitter, ayant à parler avec monsieur...

D'un mouvement de tête, elle indiqua Henric qui avait pris un air détaché.

Ce furent alors des pressions de mains, puis :

— Je compte bien sur vous deux, samedi, ne me faites pas faux bond... Au revoir...

Ils promirent et s'éloignèrent. Mme Chambaud vit Pierre passer son bras sous celui de Jacques. Quand elle les eut perdus de vue, elle se tourna vers Henric :

— Ils sont très bien, ces jeunes gens, fort distingués. Tous deux ont fait la guerre, et ont été blessés... L'avocat m'amuse beaucoup. Il est pétillant d'esprit...

— Vous auriez dû l'inviter, au moins, avant notre départ... J'aurais profité un peu de cet esprit qui vous a ravie. Nous partons vendredi, et vous l'invitez pour le lendemain.

— Bah! vous êtes gens de revue... Et puis, votre départ laissant un grand vide à l'*Ermitage*, la visite de ces messieurs sera une petite compensation.

Puis se campant devant le millionnaire, en maîtresse femme :

— Monsieur Henric, j'ai absolument besoin de vingt mille francs, tout de suite.

En prononçant ces mots qui, dans sa bouche, semblaient plus un ordre qu'une demande, elle pensait à son mari que le refus d'Henric avait bouleversé et assommé. Elle voulait voir quelle serait l'attitude de cet homme qui l'agaçait. Elle préparait déjà des réponses mordantes à un refus dont ses nerfs ne se fussent guère accommodés. Elle se sentait d'humeur combative, prête à laisser déborder toute son indignation.

Henric n'eut pas un sourcillement. Il répondit avec assurance :

— C'est convenu, madame, ce soir même je vous remettrai un chèque sur un établissement de crédit. Vous pourrez le faire encaisser dans une succursale de Dieppe.

Sans hâte, elle dit :

— Merci... Inutile d'en parler à Daniel, je vous prie?

— Vous pouvez compter sur ma discrétion.

Elle eut un sourire indéfinissable et se rapprochait déjà de la loge, lorsque Henric la retint doucement par le bras :

— Madame Chambaud... un instant seulement.

Elle le regarda, hautaine, et crut voir quelque émotion friper le visage de cet homme ordinairement impassible, et dont les yeux ne trahissaient jamais les pensées. Son instinct de femme ne la trompait pas. Elle sentait venir un aveu, et se réjouissait déjà à l'idée du plaisir pervers qu'elle éprouverait à faire souffrir cet homme autant qu'il avait fait souffrir son mari.

— Madame Chambaud, fit-il, d'une voix sourde, sans assurance, se sentant maladroit comme un collégien, devant la beauté impressionnante de cette femme, ne craignez pas de faire appel à mon dévouement... Si vous avez besoin de quoi que ce soit, je suis là, ne l'oubliez jamais... Que ne ferais-je pour vous...

Elle hésita, puis :

— Oh! je sais... la somme est déjà importante...

— Hein?... Qui a pu vous dire?...

— On finit par tout savoir...

— Alors, je prends la liberté de parler à cœur ouvert... Voilà plusieurs années déjà que vous m'avez inspiré une grande...

Il se troublait.

— Passion, compléta-t-elle amusée, vraiment? J'en suis ravie!

— Oui... Pardonnez-moi cet aveu.

Elle affectait d'être flattée.

— Votre mari, reprit-il, ne vivait que pour vous, je le sais, mais il était un ami qui, dans la coulisse, vivait également pour vous, qui ne pensait qu'à vous, qui aurait été désolé que vous fussiez malheureuse, qu'un de vos désirs ne fût pas immédiatement satisfait... Et quand ce brave Daniel faisait appel à ma complaisance, c'était vous, toujours vous, que j'avais devant les yeux... Vous me pardonnez, n'est-ce pas, de vous dire toutes ces choses... Je les dis mal, assurément, mais la sincérité se trahit dans le trouble qu'un homme éprouve à exprimer sa passion...

— Venez, venez, fit-elle vivement, le rideau se lève... Songez que nous sommes au théâtre, monsieur Henric, et que je ne veux rien perdre de la pièce...

Il la suivit, satisfait d'avoir pu exprimer une partie de sa pensée, persuadé que l'argent était le plus sûr moyen de conquérir cette femme de luxe, à la veille du veuvage et des embarras de toute nature...

⁂

— Ainsi, Claudette est fiancée ou sur le point de l'être, avec ce grand garçon, et j'ai pu assister jusqu'au bout à la représentation... Et Claudette savait que j'étais là... Une fois seulement elle a tourné les yeux de mon côté, des yeux qui ne semblaient plus me reconnaître... Soit que je suis de m'être grisé de cet amour mort-né!

Ainsi parlait Jacques après avoir quitté son ami et en regagnant l'hôtel de la *Coupe-d'Or*.

Sa nature exagérée le poussait à des déductions extravagantes :

— Pourquoi cette visite, ces réponses favorables qui ne pouvaient que m'endormir dans des espérances illusoires? Pourquoi cet encouragement à persévérer?... Et maintenant, je vois que tout n'était que comédie, une manœuvre, peut-être, pour provoquer d'autres générosités... Que je suis donc naïf... J'aurais dû me douter que Claudette Chambaud n'était pas faite pour moi, mais pour un snob bien argenté, pouvant subvenir à tous les besoins de la mère... Non, certes, je n'attendrai pas samedi pour aller au-devant de nouvelles souffrances!... En voilà assez!... Vendredi même, j'aurai un prétexte à invoquer pour quitter Dieppe, rentrer à Paris où je retrouverai l'apaisement.

Maintenant, il était dans sa chambre, en proie à cette rage jalouse qui ferait commettre des lâchetés. Il songea à écrire à Claudette. Il commença plusieurs lettres où perçait sa fureur. Puis il eût conscience de son incorrection, de sa sottise.

« Mademoiselle,

« La soirée passée au théâtre, ce soir, n'a été pour moi qu'un long supplice. C'est le seul cri de douleur que je sois capable de vous faire entendre. Il est suivi d'un adieu et des souhaits sincères que je forme pour votre bonheur futur.

« Votre respectueusement dévoué,

« JACQUES. »

X

Les hôtes de l'*Ermitage* s'étaient augmentés d'une unité : Marius Horn, ami de jeunesse de Daniel, bohème et pique-assiette avéré. Cheveux longs, feutre aux larges ailes, lavallière blanche, pantalon en tire-bouchon, Marius semblait un ressuscité de cette fameuse *Vie de Bohème* que ne peut plus comprendre la jeunesse d'aujourd'hui, si différente de la jeunesse de 1830.

Daniel aimait Marius. Il l'avait longtemps secouru. Ce garçon, resté alerte malgré un long régime de vache enragée, venait tous les ans passer un mois à l'*Ermitage*, quand il faisait trop chaud à Montmartre.

Lorsqu'il avait annoncé son arrivée sur une carte représentant la basilique du Sacré-Cœur, Mme Chambaud avait détourné son mari de le recevoir. Mais Daniel s'était montré d'un avis contraire :

— Pauvre vieux... Laisse-le venir, va... Il me rappelle ma jeunesse... Et puis, il n'est pas encombrant...

— Bien qu'il empoisonne la pipe.

— Bah! il mettra un peu de gaîté dans la maison... Il paie son écot en bons mots... Et puis, ce sera peut-être la dernière fois que j'aurai l'occasion de l'entendre narrer tous les potins de Montmartre et d'ailleurs... Qu'il vienne!...

Certes, Marius ne s'attendait pas à trouver le maître si bas :

— Mon vieux, mon pauvre vieux, ne cessait-il de répéter, la dernière fois que je t'ai vu, tu étais encore très solide...

Et il lui secouait la main. Ses yeux de chien battu étaient devenus larmoyants.

— Oui, je suis bien malade, et triste, triste...

— Je viens te consoler...

Et, tout en bourrant une pipe, il lui rappela l'époque où ils menaient une vie turbulente pleine de beaux rêves d'avenir...

— Toi, tu es arrivé, tu es célèbre, tu as gagné un argent fou... Moi, j'ai végété... Mon nom est resté obscur... Ah! comme je t'ai envié!

— Maintenant, tu ne m'envies plus!...

— C'est à croire, Daniel, que la médiocrité conserve l'homme, et que le génie le tue.

— Peut-être...

Marius s'était tourné vers Claudette, qui avait refusé de prendre part à une excursion à Veules en compagnie de sa mère et de ces messieurs Henric pour rester près de son malade.

— Et Claudette?... Mes félicitations!... Elle devient femme...

— Oui, et déjà fiancée!... Un beau mariage, tu sais, un très riche mariage!...

— Ah! vraiment!... Ça doit être si bon d'être

riche... Et puis la fille d'un maître comme toi ne devait faire qu'un beau mariage...

Marius remarqua alors tant de tristesse dans le sourire de Claudette qu'il en fut touché.

Mais, en vieux célibataire égoïste, il ne s'attardait pas aux émotions.

Daniel aurait voulu voir son enfant l'approuver. Mais Claudette se retira vivement, gagnée par une grande envie de pleurer.

Marius fit le bon apôtre :

— Ça reviendra, cette santé, vieux camarade, dit-il enjoué, tu verras... Daniel Chambaud nous doit encore de belles œuvres...

Après de copieuses flagorneries, il baissa le ton pour ajouter, la main sur celle du malade :

— Tu as toujours été si bon pour moi que je ne voudrais pas t'importuner par ma dèche... Ah! je peux dire que je t'en dois de l'argent, mon vieux Daniel... Aurai-je le courage de t'avouer que le billet de chemin de fer m'a mis à sec?... Oui, car, entre nous, il n'y a jamais rien eu de caché... Il me reste trois francs... Ah! Daniel, comme ça me coûte de te parler de mon éternelle gêne, alors que je te vois si souffrant...

L'écrivain appela sa fille :

— Donne-moi cent francs.

Lorsque Claudette eut apporté le billet, elle se retira par discrétion. En avait-elle vu de ces épaves venir grever leur budget familial! Daniel ne refusait jamais. Il était faible, répétant :

— Il faut bien aider un peu ceux qui n'ont pas connu, comme moi, la splendeur et la renommée.

Claudette avait envoyé Mariette, à Dieppe, s'excuser près de Mme Hertz de n'avoir pu venir faire une petite causette avec elle, depuis plusieurs jours. En même temps, elle lui faisait remettre un panier de fruits du jardin. Mariette revint avec la lettre de Jacques :

— Voici ce que Mme Hertz a reçu pour mademoiselle.

Claudette rompit l'enveloppe, lut et relut les quelques mots navrants. Dans sa tristesse, il lui semblait bon d'avoir été si sincèrement aimée. Certes, elle mourait d'envie de le revoir, ce bon Jacques, si bien fait pour son affectueuse sensibilité, mais c'était inutile, puisqu'elle ne pourrait l'avoir, puisqu'une union à son goût lui était refusée. Elle s'inclinerait comme sa mère, que des parents impardonnables avaient poussée dans les bras d'un homme ayant vingt-cinq ans de plus qu'elle, mais qui s'était fait un nom et gagnait bon an, mal an, une soixantaine de mille francs. Seulement, Claudette se marierait avec cette aggravation en moins, Paul était jeune.

A ce moment, l'auto stoppait devant l'*Ermitage*. Sa mère, son fiancé et M. Henric en descendaient. Claudette glissa vivement la lettre dans l'ouverture de son corsage.

De loin, Mme Chambaud vit ce geste, et, bientôt, elle prenait sa fille à part :

— Tu as reçu une lettre?

— Non, mère.

— Tu mens, je veux savoir... donne-moi cette lettre. Encore un créancier... J'entends qu'on ne me cache plus rien... Qui t'a écrit?

Jamais Mme Chambaud n'avait montré une telle fermeté. Claudette lui remit la lettre. Mme Chambaud lut avec effarement :

— Jacques Dauberval?... mais c'est l'ami de M. Pierre Derieux?... Tu le connais donc?... Où as-tu fait sa connaissance?

Elle dut tout avouer : l'histoire du tableau vendu et renvoyé par cet acquéreur généreux, sa visite au jeune homme, sa demi-promesse en réponse à la déclaration enflammée de cet ami providentiel.

— Et tu l'aimes?

— Oui, fit-elle avec un mouvement de tête.

— Et tu as accepté d'épouser M. Paul?

— Par devoir.

Elle éclata de rire :

— Elle est bien bonne celle-là!

— Oh! maman, je t'en prie, ne tourne pas en dérision cette promesse que je considère comme sacrée.

— Pauvre enfant! Tu mériterais le prix Montyon, tiens...

Elle aimait trop sa mère pour relever ce propos blessant.

Il y eut un long silence, puis :

— Ecoute, tu as accepté d'épouser M. Paul Henric; c'est fait. Il n'y a pas à revenir là-dessus. Mais il ne faut pas que M. Jacques parte. J'ai besoin de lui. Tu vas lui écrire.

— Jamais.

— Je l'exige... Tu lui diras que nous comptons bien le voir, avec son ami Pierre, samedi prochain...

— A quoi bon? Ce serait l'encourager à espérer.

— Tu as raison... Eh bien, je lui écrirai, moi... J'ai lu son livre, il est tout simplement délicieux... Je crois avoir trouvé l'homme qui achèvera la pièce de ton père, laissée en suspens, et que, par traité, il est tenu de fournir au Vaudeville, pour janvier prochain. Il y a un premier acte complètement terminé; sur le résumé des trois autres, M. Dauberval peut faire quelque chose de très bien...

— Mon père acceptera-t-il?

— Oh! je t'en prie, pas un mot à ton père... Lui imposer un collaborateur serait le bouleverser... Et puisqu'il ne pourra jamais la terminer cette pièce qui peut nous rapporter beaucoup, mieux vaut avoir recours à l'esprit et au talent de ce jeune homme modeste, qui ne fera aucune difficulté pour nous venir en aide, comme il l'a fait une première fois... Tu ne trouves pas que j'ai une bonne idée?...

Elle s'était assise devant son secrétaire, et d'une écriture anguleuse, à grands coups de plume, traçait :

« Cher Monsieur,

« Inutile de vous rappeler que vous m'avez promis de venir samedi avec votre ami Pierre. Je compte absolument sur vous. Je vous saurai gré infiniment de ne pas me manquer de parole. »

Nerveuse, elle mit la lettre sous enveloppe et appelant la bonne :

— Vite, Mariette... à la poste!

Quand Mariette fut partie :

— Pour Jacques, tu entends, il ne doit pas être question de fiançailles... Tu l'accueilleras comme si sa demande devait avoir une suite.

— Jamais!... Entretenir un espoir chez Jacques, je ne me sens pas capable de jouer cette comédie... Quand il viendra, je m'effacerai...

— Brave Claudette, j'admire ta nature loyale, mais je crains que tu ne sois toujours une dupe.

***

— Pauvre Jacques, il n'y a plus de doute, expliquait Pierre, tandis que les deux jeunes gens s'engageaient, le samedi suivant, sur la route du Puys, Claudette est bien fiancée à M. Pierre Henric. Mlle Chambaud est venue apprendre, hier, la nouvelle à Mme Hertz, et ces fiançailles sont annoncées, ce matin, dans mon journal, à la rubrique : mondanités.

Cette attitude acheva de désemparer le jeune homme.

— Oh! cette femme qui insiste pour que je vienne! dit-il entre les dents.

Il craignait de montrer trop visiblement son chagrin.

A présent, ils étaient devant *l'Ermitage*. Jacques appréhendait d'entrer. Au coup de timbre, Mariette accourut, les introduisit dans le hall d'où la vue s'étendait sur la mer, aussi agitée, en ce moment, que le cœur de Jacques.

Mme Chambaud vint dans son tailleur de flanelle crème, toujours aussi accueillante :

— Messieurs, je suis heureuse de vous voir... M. Henric avec lequel vous m'avez rencontrée l'autre soir, au théâtre, est parti hier avec son fils. Il ne nous reste qu'un vieil ami de mon mari qui tient compagnie à notre cher malade ;

Tournée vers Jacques :

— J'aurais été heureuse, cher monsieur, de présenter un jeune auteur de grand talent à Daniel, mais, vraiment, le pauvre homme est trop déprimé, et son accueil vous laisserait sans doute une très mauvaise impression...

Elle s'interrompit pour dire à Mariette :

— Apportez du thé et du chocolat.

Elle sentait que Pierre la dévorait des yeux.

— Excusez ma fille de ne pouvoir se joindre à nous, fit-elle, une forte migraine la retient dans sa chambre.

Alors, elle parla des inquiétudes que lui donnait la santé de son mari, elle parla excursions, mondanités, cherté des vivres, le tout assaisonné d'une pointe de politique. Puis, à l'issue d'une péroraison sur la difficulté de trouver du lait pur et non écrémé, elle s'écria :

— Monsieur Jacques, votre livre m'a emballée... Je l'ai donné à lire à Claudette... J'ai vu des larmes dans ses yeux... Je pense que vous êtes un bon ingénieur, mais, j'estime que vous êtes écrivain remarquable, aussi j'ai un grand, grand service à vous demander...

Elle s'était levée, et, se tournant vers Pierre :

— Excusez-moi de vous priver quelques moments de votre ami... Quelques mots à lui dire en particulier...

Elle invita alors Jacques à la suivre dans le cabinet de travail de son mari, sortit d'un secrétaire un dossier d'où débordèrent des manuscrits d'une écriture élégante et fine.

— Je voudrais, fit-elle avec un de ces regards qui rendent tout refus impossible, que vous complétiez ce travail commencé par Daniel. Voici le schéma du drame, acte par acte, scène par scène. Vous vous inspirerez du premier acte et je suis sûre qu'avec tout le talent que vous apporterez à cette tâche, vous ferez quelque chose de très bien... Jamais l'on se doutera que mon mari a eu un collaborateur... Si vous me refusiez, monsieur Jacques, vous me mettriez dans un grand embarras... Mon pauvre mari ne doit rien savoir, et je compte de votre part sur une discrétion d'honneur...

Jacques était à la fois flatté et embarrassé.

— Mais si je ne réussis pas? murmura-t-il.

— Vous réussirez, monsieur Jacques, car vous aurez la volonté de réussir et, par votre dévouement, vous sortirez d'embarras une femme si malheureuse... mais si malheureuse...

Jacques vit des larmes couler sur les joues de son interlocutrice.

— Eh bien, soit, fit-il, sans vous promettre d'être à la hauteur du maître, j'emporte ce travail avec l'intention de vous montrer toute ma bonne volonté... Je dois quitter Dieppe demain matin.

— Déjà?

— Oui, il me faut le calme de l'esprit.

— Et du cœur, ajouta vivement Mme Chambaud.

Jacques la regarda d'un œil douloureux, se demandant si elle faisait allusion à ses espoirs déçus. Puis vivement :

— Surtout... du cœur, vous avez raison... conclut-il à demi-voix.

Quand les deux jeunes gens eurent pris congé de Mme Chambaud, celle-ci se précipita dans la chambre de sa fille. Claudette était à la fenêtre, regardant Jacques s'éloigner.

— C'est fait, dit-elle joyeuse. Il accepte... Il complétera la pièce... Cet homme nous tombe du ciel...

— Comment l'as-tu trouvé?

— Il a l'air profondément malheureux... Sa peine de cœur lui donnera du mordant... Je suis persuadée qu'il fera quelque chose de très bien...

XI

Jacques était revenu à Paris près de sa mère, dans le petit appartement de la rue des Martyrs dont les fenêtres s'ouvraient sur l'avenue Trudaine. Mme Dauberval trouva à son fils un air las, affecté, qui l'inquiéta.

— Alors; ce séjour à Dieppe, mon Jacques?... Pourquoi as-tu renoncé à ton voyage en Angleterre? Tu ne m'as jamais fixée là-dessus?

Il trouva un prétexte :

— Je me suis senti souffrant... J'ai eu peur de tomber malade là-bas.

Elle le prit dans ses bras :

— Pauvre petit... Tristes vacances, alors?... Toi qui avais demandé deux mois... Tu étais parti si gaiement... Tu devrais voir le médecin...

Il sourit.

— Oh! ce ne sera rien... J'en serai quitte pour me reposer ici, près de toi, et au milieu de mes livres... Nous irons faire de bonnes promenades ensemble...

Plusieurs fois, pendant le repas, il fut sur le point d'avouer à sa mère le mal qui l'oppressait et qu'il n'aurait jamais cru si tenace, mais Mme Dauberval l'en détourna... Elle lui demanda à brûle-pourpoint :

— Dis-moi pourquoi tu es si triste?... Une peine de cœur au moins... Je m'en doute?

— Bah!... Allons donc... Une peine de cœur, moi!

Il crânait. Tout de suite la réponse lui vint à l'esprit. Il exposa en termes embarrassés.

— Non... Figure-toi que ce voyage m'a ému, fortement ému... Tu sais mon admiration pour Daniel Chambaud, l'écrivain... Or, un hasard a voulu que je fusse mis en relation avec la femme du maître... Elle avait lu mon roman, et elle m'a prié d'achever une œuvre de son mari mourant... Je ne sais vraiment pas comment je vais pouvoir m'en tirer?

— Toujours trop dévoué, mon pauvre garçon... Et c'est tout?...

— Oui, c'est tout.

Il trouvait la demande bizarre. Allait-elle réussir à amener un aveu sur ses lèvres, à force de douceur, de patience? Les mères sont si tenaces! Il s'en voulait, maintenant, d'avoir accepté cette besogne ingrate. Un refus de sa part eût amené la rupture des relations avec la famille Chambaud. Le temps aurait fait le reste; à la longue, il aurait retrouvé l'apaisement du cœur. Au lieu de cela, il lui faudrait revoir cette femme impressionnante qui ensorcelait Pierre, revoir Claudette et son riche fiancé. Encore bon si Mme Chambaud ne lui demandait pas d'être témoin au mariage!...

Le soir, dans son petit cabinet aux multiples étagères encombrées de livres, devant sa table de travail où il aimait à se griser du talent de ses auteurs favoris, Jacques s'absorba dans la lecture du travail de Daniel Chambaud. Il avait grand mal à déchiffrer cette fine écriture, exagérément raturée. Plein de respect pour ces pages sorties d'un grand cerveau, il admirait l'art avec lequel l'auteur avait campé ses personnages.

— Si la pièce se joue, murmurait-il, perdant toute confiance en soi, la critique dira que le premier acte est très beau, mais que les trois autres ne valent rien...

— A minuit, il était encore plongé dans la lecture des résumés, lorsque l'envie le prit de fumer. Il avait négligé de se réapprovisionner en cigarettes. Il se dirigea, à pas de loup, dans la salle à manger, soucieux de ne pas réveiller sa mère dont la chambre touchait à cette pièce. Sur la cheminée, il chercha une boîte contenant encore un peu de tabac, mais si cette recherche fut vaine, elle l'amena, en revanche, à découvrir derrière la cheminée, un papier qu'il tira machinalement.

C'était une lettre de Pierre adressée à Mme Dauberval :

« Madame,

« Vous connaissez l'amitié que je porte à Jacques, nous sommes frères d'armes, nous avons connu ensemble les émotions du front, son affection m'est particulièrement précieuse. Or, j'ai eu le plaisir de rencontrer cet excellent camarade à Dieppe. Peut-être vous l'a-t-il dit? Il m'a mis au courant d'une aventure que je juge pour lui pleine de dangers. L'en détourner eût été pour moi une tâche impossible. Jacques m'en aurait voulu. C'est donc à la persuasion de sa chère maman que j'ai recours pour arriver à ce résultat. Jacques s'est épris follement de la fille d'un écrivain, Daniel Chambaud, qui se meurt d'anémie cérébrale. Bien que Chambaud jouisse d'une grande notoriété, il va laisser sa femme et sa fille dans une situation pécuniaire terrible. Ce sont, hélas, des gens aux abois qui profiteront de la générosité inépuisable de Jacques. Et je crains que le brave garçon n'en arrive, s'il poursuit l'aventure, à s'endetter pour eux. Il faut faire tout votre possible, chère madame, pour empêcher Jacques de contracter un mariage qui ne pourrait lui réserver que de fâcheux mécomptes... »

Jacques était suffoqué. La lettre datait du jour où il avait eu la visite de Claudette.

— Eh bien, il va un peu fort l'ami Pierre, murmura-t-il. Je ne suis pas un enfant, et il est un peu vexant d'être traité en collégien candide par un homme de mon âge... Trop de zèle, camarade Pierre!... Il faudra répondre de cet excès de protection devant l'intéressé...

XII

Ce matin-là, Mme Chambaud s'était rendue seule à Dieppe pour toucher le chèque que lui avait remis M. Henric avant son départ.

Elle était revenue à l'*Ermitage*, triomphante, comme si elle rapportait le Pérou. Jusqu'ici, elle avait caché à sa fille ainsi qu'à Daniel le petit succès remporté sur Henric. Elle profita de l'absence du vieux Marius, qui était allé explorer les environs, pour faire quelques confidences à Daniel.

— Claudette, fit-elle, laisse-moi seule... avec ton père.

Claudette s'effaça aussitôt. Alors Mme Chambaud s'étant assurée que la porte était bien fermée, approcha un siège de la chaise longue :

— Ecoute, Daniel, je suis au courant de la situation... Elle devenait trop sérieuse... Mon indiscrétion m'a servie... J'étais derrière cette porte lorque Henric t'a refusé la somme que tu lui demandais... Toi et Claudette m'avez toujours caché que le futur beau-père de notre enfant était ton banquier, que la somme due s'élevait à la bagatelle de trois cent mille francs!...

A ces mots, le malade eut un regard si pitoyable que Mme Chambaud le rassura. Posant doucement la tête de Daniel contre sa poitrine :

— Ne t'alarme pas, Daniel... Tu sais que j'ai un culte pour mon grand homme... J'ai toujours su porter dignement ton nom... Tout ce qu'une femme peut désirer, tu me l'as donné... J'hésitais même à exprimer un souhait... Que n'aurais-tu fait pour moi?... Je suis coupable, très coupable... J'ai manqué de prévoyance... Tu as prévu le moment où tu viendrais à nous manquer... Il en est résulté cette chose inadmissible : sans t'occuper de savoir si Paul Henric saurait convenir à Claudette, tu l'astreins à un mariage qui n'est ni plus ni moins qu'un sacrifice.

Daniel voulut l'interrompre. Mme Chambaud ne lui en laissa pas le temps.

— Oh! je sais bien ce que tu vas dire... Mon avenir t'inquiétait... L'avenir de notre fille paie les frais de notre imprévoyance... Et cette solution te tranquillise... Pauvre Daniel, tu ne saurais croire combien j'ai été blessée dans mon affection pour toi, l'homme de cœur, le grand ami vénéré que la maladie accable, lorsque tu as demandé d'une voix suppliante à Henric de t'avancer vingt mille francs... Ce n'est pas tant le refus qui m'a irrité que la manière d'exprimer ce refus... Mais ce qu'il t'a refusé, je l'ai obtenu, moi... J'ai su m'y prendre...

En même temps, elle sortait la liasse des vingt billets et l'agitait sous les yeux de Daniel :

— Rassure-toi, nous voici tranquilles pour quelque temps.

Il la regarda de ses yeux exhorbités. La jalousie faisait trembler ses longues mains blanches, exsangues. Il trouva la force de se redresser :

— Renée, tu es la maîtresse d'Henric?

Elle éclata de rire :

— Moi, la maîtresse d'Henric? Y songes-tu?

Elle le vit si bouleversé qu'elle se jeta à genoux devant lui, et, plongeant, dans ses yeux, son regard très tendre, très fidèle :

— Non, mon Daniel, rassure-toi, je ne suis pas sa maîtresse... Tu sembles douter... Même dans la maladie, cette maudite jalousie te tracasse... Il ne te manque que la force de me faire une scène, de ces scènes qui m'ont tant révolutionnée... Que de fois tu as manqué de confiance dans l'épouse irréprochable qui cherchait peut-être à séduire, mais avec l'idée de ne jamais céder, car Daniel Chambaud n'était pas de ces hommes qu'on trompe... Souris-moi, mon cher malade, et garde toute confiance dans ta femme...

Elle caressa le pauvre visage de ses jolies mains étincelantes de brillants.

— Va, rassura-t-elle, notre gêne n'est pas irrémédiable. Nous avons de quoi répondre de la somme due. Il ne faut pas que ta maladie soit troublée par des préoccupations d'argent... Je me suis trop désintéressée de la maison, mais, désormais, je veillerai...

Puis, changeant de ton en entendant des voix qui s'élevaient dans la pièce voisine :

— Allons, bon, Mme Morange et sa fille. J'oubliais que nous devions aller déjeuner tous au Tréport; alors, Daniel, tu me promets de ne plus douter de ta femme?

— Oui, oui...

— Je te laisse... Au revoir... Tu as, pour te tenir compagnie, ce bon Marius qui ne va pas tarder à rentrer..

XII

Après une longue excursion aux environs du Tréport, les dames Chambaud et Morange rentrèrent à Puys dans la soirée.

Tout d'abord, Paul Henric déposa Mme Chambaud et sa fille devant l'*Ermitage*. Il se proposait de retenir Pierre Derieux à dîner. Mais Mme Chambaud glissa au jeune avocat :

— Restez, un instant, je vous prie, j'ai à vous parler.

Derieux se tourna vers Paul :

— Rendez-vous au restaurant de la plage, cher ami.

Et il suivit Mme Chambaud qui l'entraîna sur la terasse :

— Venez ici... J'ai à vous entretenir de certain procès qui préoccupe beaucoup mon mari.

Le prétexte était trouvé. Elle ajouta vivement :

— Mais j'y songe, toutes les pièces sont dans la chambre de Daniel, ce n'est vraiment pas le moment de les sortir de leur dossier... Je ne m'en sens pas le courage, ce soir; ce sera pour une autre fois...

— A votre disposition, Mme Chambaud... Vous avez raison de remettre cette consultation à plus tard. Des soirées comme celles-ci demandent à être goûtées avec recueillement...

Insensiblement, il approcha sa main de celle que la jolie femme avait posée avec intention sur l'un des bras du fauteuil. Déjà, il sentait la fraîcheur de cette main si douce à caresser, quand, tout à coup, Mme Chambaud la lui déroba.

— Assez, monsieur Derieux, murmura-t-elle d'une voix tremblante, une telle comédie est indigne d'un homme comme vous... Que vous vous amusiez à ce jeu avec Geneviève Morange, passe encore, mais avec moi...

Ce reproche ne le surprit nullement. Il s'y attendait.

— Mais, dit-il, Mlle Morange m'est complètement indifférente.

Elle se récria :

— Indifférente... Vraiment, on ne l'aurait pas cru aujourd'hui...

— Est-ce ma faute si Mlle Morange a pris des libertés contre lesquelles il m'était assez difficile de me défendre...

— Des libertés dont vous étiez ravi. C'est scandaleux... Mais, après tout, je ne sais de quoi je me mêle, vous êtes bien libre... Epousez Mlle Morange... Elle ne demande que ça...

— Mais, pas du tout, je ne veux nullement de Mlle Morange. Elle ne me plaît pas.

— Vous avez grandement tort...

Surexcitée, elle tapotait de sa main le bras de son fauteuil. Elle ajouta :

— C'est une belle fille... Elle a de la fortune... Vous lui plaisez beaucoup... Elle vous l'a fait assez comprendre... Qu'est-ce que vous attendez?...

— Oh! madame, ne me gardez pas rancune des procédés de cette jeune fille vraiment trop dans le train...

— Rancune, moi! Ah! là! là!...

Elle égrenait un rire forcé, un rire qui s'étranglait dans sa gorge.

Il essaya encore de poser sa main sur la sienne. Elle fit mine de la retirer, puis, en fin de compte, accorda au jeune homme le bout de ses doigts.

— Voyons, balbutia-t-il, ce n'est pas le lendemain d'un jour où je vous ai exprimé un aveu sincère que je m'amuserais à *flirter* avec Mlle Morange. Ce serait vous donner une triste opinion de moi. Ma conscience d'homme est plus élevée que vous ne semblez le croire...

— Oh! les hommes!

— Oui, oui, c'est le mot qui nous place tous au même niveau. Je vous en prie, ne me faites pas cette injure... Je suis prêt à ne jamais revoir Mlle Morange, à m'éclipser lorsqu'elle viendra ici, mais ne cherchez pas à briser la tendresse que j'ai pour vous... Vous ne réussiriez pas...

Elle se laissait griser par cette prière.

Il poursuivit en s'enflammant :

— Il n'est qu'une seule femme qui ait su m'inspirer une passion réelle, dont je suis encore tout ébloui... Un mot de cette femme m'électrise... Elle m'a désormais enchaîné à ses pas... Elle pourrait me chasser que je reviendrais comme un chien battu et toujours soumis...

Elle l'interrompit :

— Chut... Il m'a semblé qu'on marchait...

En réalité, elle n'avait rien entendu. Elle voulait modérer cette ardeur croissante qui lui causait un réel bonheur tout en l'inquiétant un peu.

Il y eut un moment de silence...

A présent, elle avait livré sa main puis son bras. Il s'enhardissait, couvrait ce bras velouté de baisers brûlants.

— Vous n'êtes pas raisonnable... Si j'avais su... C'est mal...

— Renée, dit-il impérieux, je ne pourrai plus vivre loin de vous...

Pour la première fois, il l'appelait Renée. Dans

— Non, je ne suis pas sa maîtresse (p. 16).

sa bouche, ce nom avait un charme exquis. Elle eut un petit frisson, et devint lâche devant la volonté de cet être beau, trop jeune, mais si passionné! Il l'attirait d'un lent effort contre sa poitrine. Elle ne se serait jamais crue si faible.

Soudain, un seul mot la prit à son extase :

— Mère!

Elle se dégagea vivement, se retourna... Claudette était derrière eux.

Elle se leva, comme grise, se dirigea vers Claudette en balbutiant :

— Tu vois, nous prenions le frais... Quelle soirée délicieuse! Ce bon air du large, c'est fameux!

— Papa voudrait t'embrasser, fit Claudette d'un ton si triste que Renée demanda aussitôt avec une inquiétude doublée d'un remords :

— Il ne va pas plus mal, au moins?

— Non, non, mais il est tard, très tard...

Alors Mme Chambaud se tourna vers Derieux et lui tendant la main qu'il serra avec fièvre :

— Alors, à demain, ami, nous parlerons longuement de cette affaire....

.. ..

La scène que venait de surprendre Claudette l'avait bouleversée.

— Non, ce n'est pas possible... j'ai mal vu!... Maman, penchée sur l'épaule de M. Derieux!...

Son honnêteté se révoltait. Lorsqu'elle fut remontée dans sa chambre, elle fondit en larmes.

— Pauvre père, pauvre père, s'il se doutait...

Pouvait-elle haïr sa mère qu'elle adorait? Elle ne se sentait même pas le courage de la blâmer. Elle ne voyait qu'un coupable : Derieux. Elle l'abhorrait maintenant, ce séducteur perfide qui abusait de la faiblesse d'une femme mal mariée et malheureuse. Comment lutter contre ce nouvel ennemi?

XIV

Grelottant de fièvre, Jacques Dauberval venait d'écrire le mot *Rideau* à la fin du quatrième acte de la pièce très heureusement complétée. Il était content de cette œuvre qu'il ne devait pas signer. Son amour désespéré pour Claudette, en l'inspirant, lui avait fait accomplir un tour de force. Il avait puisé dans cette passion violente, qui le terrassait comme une maladie, des éléments de succès qui donnaient un relief extraordinaire aux personnages de Daniel Chambaud.

— Maintenant, dit-il, la tête bourdonnante, je peux me soigner... J'avais assumé une tâche, j'ai apporté à la remplir plus que me permettaient mes forces... Je ne puis résister davantage.

Lorsque Mme Dauberval entra, une tasse de tisane à la main, elle trouva son fils étendu sur son lit.

— Eh bien quoi, mon Jacques, ça ne va pas?...

— Non, ça ne va pas, fit-il, oppressé.

Elle s'emporta :

— Tu te serais tué pour faire plaisir à ces gens-là... Quand je te sentais, t'absorbant dans ce travail, si tard dans la nuit, je me tourmentais... En voilà le résultat... D'un petit malaise...

— Non, ce n'est pas ça, interrompit Jacques. Il y a autre chose...

Il éprouvait enfin un grand besoin de s'épancher. Il y avait trop longtemps que ses pensées restaient comprimées, qu'il s'efforçait de les soustraire à sa mère... Sans la malencontreuse lettre de Pierre, il lui aurait fait déjà des confidences.

Il fondit en larmes, heureux de ne pouvoir refouler ce lourd chagrin qui le rendait petit garçon :

— Je suis malheureux... si malheureux...

Elle l'étreignit, le berça, pleura avec lui :

— Oh! Jacques, tu me fais mal... Mon pauvre enfant... Que puis-je dire pour te consoler?

Comme Jacques la trouvait belle cette pitoyable grimace de mère qui tremble pour son petit, qui voit toujours la mort prête à lui arracher cette âme qui est beaucoup de son âme.

Elle supplia :

— Dis-moi tout... N'aie pas peur... Je te comprendrai...

— Ces larmes m'ont soulagé un peu, vois-tu...

Il s'efforçait de sourire. Il reprit :

— Je pense que ça ne sera pas grave... Tu feras venir le médecin... Je devais retourner à Dieppe pour apporter la pièce à Mme Chambaud, je me l'étais promis, malgré toute la souffrance que devait me réserver une telle corvée... Tant mieux... me voilà cloué au lit... Je n'irai pas... Oh! mère, je l'aimais cette petite, je l'aimais... Que s'est-il passé?... Nous nous étions compris... Et puis, tout a sombré... Un homme a surgi... Un autre me l'a prise... Je ne peux pas oublier, je ne peux pas, je ne peux pas...

Il sanglota de nouveau, parlant par monosyllabes, disant des choses extraordinaires comme si la fièvre le faisait délirer...

Il se ressaisit :

— Je ne veux plus y penser... et pourtant, elle est là toute dans ma pauvre tête... On dit que l'amour ne fait pas mourir... Allons donc! Quelle blague!... Ça tue comme un poison!...

— Jacques, Jacques! fit-elle d'un ton déchirant, quelle pensée affreuse!...

— Pauvre mère... Je suis un mauvais fils... Je te fais de la peine... Je ne te dirai plus de bêtises comme ça... C'est vrai... A quoi bon?... Pardonne-moi... Va chercher le médecin... C'est plus raisonnable... Je ne me sens réellement pas bien... Mais passe auparavant chez le copiste... l'adresse est sur mon bureau... Dis-lui que c'est très pressé... Il faut que la pièce soit recopiée pour demain soir... Elle partira, recommandée, après-demain matin sans faute... Peut-être après cela retrouverai-je le calme?... Vois-tu, je pensais trop à elle en écrivant cette pièce... Va, mère, je l'oublierai... je l'oublierai... mais ce sera long. Ne pleure plus...

Le docteur se présenta une heure après. Il se montra assez perplexe. Il ordonna des remèdes énergiques et promit de revenir le lendemain de bonne heure. Il craignait une congestion cérébrale. Il ne voulut pas alarmer la pauvre maman, trouva un nom de maladie bénigne, et, en serrant la main du jeune homme :

— Vous avez été révolutionné par quelque événement qui ne marchait pas à votre gré, vous?

— Il y a du vrai, docteur.

Le médecin regarda le casque de poilu accroché au-dessus de la porte :

— Et je vois que vous avez fait la guerre?

— Constamment sous les rafales d'artillerie, docteur.

— Et vous êtes revenu en vous croyant guéri de votre sensibilité, en vous disant que les déconvenues de la vie ne sont rien à côté de ce que vous avez enduré... Vous vous promettiez d'en rire?...

— C'est vrai.

— Pourquoi n'avez-vous pas tenu parole?...

Pas de réponse.

Bourru, il haussa les épaules :

— Ah! ces hommes que la guerre avait mués en acier trempé, ils redeviennent ce qu'ils étaient auparavant, plus sensibles que jamais...

XV

Le lendemain, dans la matinée, Mme Chambaud arrivait à Paris. Elle descendit à l'hôtel Terminus où elle déjeuna. Vers deux heures, elle gravissait les cinq étages des Dauberval.

Pimpante, fraîche, alerte comme une jeune fille, coiffée d'un amour de chapeau cloche orné d'une touffe de roses-thé, serrée dans un tailleur beige qui moulait son corps souple aux déhanchements moelleux, cette femme de quarante-trois ans en paraissait trente.

L'émotion, la hâte de savoir où en était Jacques la rendaient nerveuse.

— Ouf! fit-elle en arrivant sur le palier, comme c'est haut...

Elle s'éventa un moment avec son mouchoir qui parfuma aussitôt l'escalier.

— Comment vais-je être reçue?

Enfin, elle sonna discrètement...

Mme Dauberval vint ouvrir. La charmeuse se présenta dans un afflux de paroles qui laissaient peu de place à la réplique :

— Madame Dauberval, sans doute?... Ah! que je suis heureuse de faire votre connaissance... Monsieur votre fils a dû vous parler de moi?... Mme Chambaud, la femme de l'écrivain... Excusez-moi de me présenter sans avoir annoncé ma visite... J'étais inquiète pour M. Jacques... Un garçon si sympathique... Comme je vais le gronder de ne m'avoir pas écrit... Car, enfin, il est devenu un ami de la maison... un grand ami... Nous l'aimons tant...

Le visage rigide de Mme Dauberval lui donna quelque crainte :

— Est-ce qu'il ne serait pas ici, chère madame?... Peut-être en voyage?... Comme ce serait ennuyeux...

— Il est malade, madame, et assez malade pour que le médecin ait interdit toute visite...

— Oh! mon Dieu, malade, M. Jacques... Combien je suis navrée... Et c'est grave?

— Assez grave.

— Pauvre ami... Madame, permettez-moi de m'asseoir un instant... Cette nouvelle m'a coupé les jambes...

Elle entra sans y être invitée, se laissa tomber sur un siège, et, tout en s'éventant :

— Ce que vous me dites me fait beaucoup de peine... Je me réjouissais tant à l'idée de le revoir... Il y a longtemps qu'il est dans cet état?... Quelle est sa maladie?... Dans ce cas, il n'aura pas eu le temps de travailler à... à...

— Si, madame, répondit d'un ton rogue cette mère qui n'avait qu'une idée, défendre la porte de son fils à l'intruse, Jacques n'a qu'une parole... Le manuscrit est là... Le copiste l'a apporté à une heure... Cinq minutes de plus et j'allais à la poste... Le voici...

Les yeux de Mme Chambaud étincelèrent de joie :

— Vrai?... M. Jacques a terminé le travail... Oh! comme vous me faites plaisir.

Elle avait pris la main de Mme Dauberval, la tapotait dans les siennes avec une joie exubérante de petite fille.

— Si vous saviez comme je compte là-dessus... M. Jacques est bon, très bon... C'est le dévouement incarné...

Sa voix s'élevait, se faisait implorante :

— Alors, vrai, pas moyen de le voir cinq petites minutes, pour lui exprimer toute ma gratitude... Pauvre cher ami... Mais, qu'a-t-il donc de si grave?... Vous ne me l'avez pas dit... Combien cette nouvelle m'afflige... J'en ai des suffocations... mon pauvre cœur... Les émotions me font mal...

De l'autre côté de la cloison, Jacques entendait parler la femme du maître. Il était haletant... Il jugeait raisonnable de ne pas la voir et, pourtant, il en mourait d'envie... N'était-ce pas un peu de l'atmosphère de Claudette qu'elle apportait avec elle, un peu de ce parfum pénétrant de l'*Ermitage*? Il savait que sa souffrance somnolente serait soudainement réveillée lorsque Mme Chambaud entrerait dans sa chambre, et il n'avait pas le courage de résister.

Il appela fortement :

— Mère... mère...

Tout de suite, Mme Dauberval fut près de lui. Son visage était pâle et sévère. Elle chuchota :

— C'est Mme Chambaud... J'ai condamné ta porte... Elle emporte le manuscrit...

— Mère, fais-la entrer...

— Ah! jamais!...

— Fais-la entrer, je te prie.

Le regard impérieux de son fils lui fit peur. Elle ne trouva rien à répondre et sortit.

Jacques l'entendit prononcer d'une voix défaillante :

— Mon fils manifeste le désir de vous dire quelques mots... Mais, je vous en prie...

— Oui, oui, je serai raisonnable... le temps d'entrer et de sortir...

Alors, à grands pas, Renée se précipita vers le lit, les mains tendues :

— Pauvre ami... Si je m'attendais... Vous me permettrez bien de vous embrasser.

Elle mit de gros baisers sur les joues du malade qui ne trouvait pas de mots pour répondre à cette effusion.

Puis, cavalièrement, elle s'assit près de lui, tandis que, par discrétion, Mme Dauberval était restée dans la pièce voisine, mais suffisamment près de la porte pour ne pas perdre une syllabe de la conversation.

— Alors, vous êtes content de ce travail?... J'ai confiance dans votre talent... Je vais lire la pièce ce soir en rentrant à l'hôtel, et demain matin je serai chez le directeur... Que de remerciements... Vous serez notre sauveur, monsieur Jacques... Oh! si cette pièce pouvait faire de l'argent...

— Et le maître?...

— Pauvre Daniel, toujours bien bas, mais il se défend... Il résiste... Il faudra revenir, vous entendez... Il y a une chambre d'ami pour vous... Je ne veux pas que vous descendiez à l'hôtel... Vous serez notre hôte... Allons, promettez-moi... Aussitôt que vous entrerez en convalescence... N'est-ce pas?... Voulez-vous dire oui?

Il fit non, de la tête, avec un sourire indéfinissable... Elle comprit sa réserve, lui prit la main, câline.

— Pourquoi?... Allons, allons, je compte sur vous... Claudette sera ravie... Elle ne vous oublie pas, ma Claudette... Quoiqu'elle ne dise rien, je devine qu'elle a constamment une pensée pour vous...

Le visage de Jacques se transfigura. Les quelques mots de cette femme lui semblaient plus efficaces que toutes les ordonnances du docteur.

Mme Chambaud savourait l'expression de joie qui réveillait ces yeux mornes. Alors, elle se lança à fond de train dans une critique acerbe des parents qui imposent leurs goûts personnels à leurs enfants :

— Moi, je n'étais pas pour faire pression sur ma fille... C'est Daniel qui a tout combiné sans me consulter...

« Claudette n'a jamais su résister à notre malade... Mais je suis là, moi, j'interviendrai au moment opportun... Une mère a droit au chapitre, que diable!...

Elle s'animait, prenant plaisir à voir un apaisement d'espoir se peindre sur le visage du grand enfant triste...

— Non... non... Jamais ma fille ne fera un mariage à contre-cœur... L'argent contribue au bonheur, mais l'amour y contribue bien davantage... Heureuses sont les privilégiées qui font un mariage d'amour et d'argent... Mais j'entends votre mère qui s'impatiente, monsieur Jacques... J'ai promis d'être brève...

Il s'était grisé de ses paroles. Elles avaient sur ses nerfs le même effet bienfaisant qu'une musique exquise. Il murmura d'un ton de reproche :

— Déjà?

— Oui, déjà... Votre chère maman me ferait les gros yeux... Je sais ce que c'est lorsqu'on a un malade... Il faut être autant gendarme qu'infirmière...

Elle lui mit familièrement la main sur le front :

— Allons, ce n'est pas si sérieux peut-être que Mme Dauberval me le disait... Ouvrez-moi tout grands ces bons yeux-là... A la bonne heure!... Ils sont d'un beau brillant... Qu'est-ce que je dirai de votre part à Claudette?

— Que je lui souhaite dans son mariage, tout le bonheur qu'elle mérite!

— Oh! comme c'est banal... Vous n'avez pas autre chose à lui faire dire?

Il baissa les yeux avec gêne.

— Non, reprit-elle, ça ne vient pas... Tenez, j'inventerai quelque chose de gentil, de très gentil, et je vous dirai après ce qui m'est passé par la tête... Merci encore pour ce que vous avez fait... Ce doit être un chef-d'œuvre... Et à bientôt...

XVI

Rien, lors du départ de Mme Chambaud, n'avait laissé prévoir un changement rapide dans l'état de Daniel. L'aggravation se produisit l'après-midi. Claudette s'était absentée une heure pour aller voir Mme Hertz, à Dieppe. Elle avait confié la garde du maître à Marius Horn.

Le bohème, voyant l'écrivain sommeiller, parcourait son journal.

Soudain, Daniel s'agita, regarda Marius de ses grands yeux fixes et articula des mots sans suite.

— Daniel, qu'est-ce qu'il y a, mon vieux? Tu ne te sens pas bien?

Le malade fit non de la tête, crispa ses doigts sur la manche de Marius qui s'affola :

— Une faiblesse, mon pauvre ami, veux-tu que j'appelle?

Le maître, dont la langue se paralysait, s'efforça de prononcer un nom. Marius comprit qu'il demandait sa femme :

— Tu sais bien qu'elle est à Paris... pour tes affaires... Elle doit rentrer ce soir ou demain matin...

Les yeux devenaient hagards. Le visage, affreusement convulsé, laissait deviner les terribles appréhensions qui précèdent la fin. Des sons rauques signifiaient Renée, Claudette, qui ne venaient pas, dont il se croyait abandonné. La mort, cette fois, se cramponnait furieusement à sa proie...

Marius perdit la tête, se jeta hors de la pièce, en maugréant :

— Bon... C'était bien le moment de me laisser seul... J'ai l'impression qu'il tourne de l'œil...

Il appela :

— Mariette... Mariette!

Sa voix resta sans écho. Il bougonna :

— Sacrée boutique... Où il y a foule où il n'y a personne... Mais où sont passées les bonnes?...

Soudain, des rires, dans le jardin, le soulagèrent.

— Enfin, quelqu'un... Ce n'est pas trop tôt!...

Il courut au-devant de Paul Henric, Derieux et Geneviève Morange, qui se dirigeaient à petits pas vers le perron en bavardant avec animation, tous trois dans la tenue de tennis.

Le visage retourné du bon Marius les mit en gaieté :

— Eh bien, quoi, monsieur le Montmartrois, demanda Paul avec le flegme du pince-sans-rire, quel masque de tragédien? On dirait que vous répétez les *Fureurs d'Oreste.*

— Ah! monsieur Paul, il s'agit bien d'Oreste, d'Agamemnon et de Clytemnestre... Je crois que ce pauvre Daniel est en train d'y passer...

— Peut-être une crise... Ça lui arrive souvent.

— Non, non, je vous assure, c'est sérieux...

— Mais Claudette? s'informa Geneviève.

— Elle s'est absentée une heure... Pauvre petite, si elle s'était doutée...

— Allons voir, proposa Derieux...

Une minute après, Marius précédait les jeunes gens dans la pièce...

Déjà Daniel, les yeux voilés, râlait.

Tous trois se penchèrent sur le visage livide de l'écrivain.

— Qu'est-ce que vous en dites? chuchota Marius.

— Je dis, souffla Paul en branlant la tête, que ce serait le moment d'aller chercher un prêtre...

Geneviève tira Paul par le bras, l'amena jusqu'au vestibule et minauda :

— Je ne peux pas voir ça, monsieur Paul, il me semble que je vais me trouver mal... Sentez comme mon cœur bat...

Elle chancelait. Paul écarta le bras, Geneviève s'appuya contre lui, laissa reposer légèrement son front sur son épaule :

— Monsieur Paul, serrez le bras, retenez-moi, je vais tomber...

Il l'étreignit, l'aida à gagner une chaise où elle s'affala, les yeux fermés.

Paul contempla longuement ce visage hâlé de brune. Il n'était pas dupe de la comédie qu'elle jouait pour le retenir près d'elle, sa main glacée accrochée à la sienne, sa gorge entièrement découverte, réellement provocante dans son faux évanouissement.

Il pensa :

— Riche nature « le profil grec ».

« Profil grec » était le surnom qu'il avait donné à cette adversaire du tennis dont les déhanchements, l'agilité suggestive, la folle gaîté, le faisaient rêver.

Tout à coup, il perçut un pas pressé sur les cailloux du jardin, chercha à se débarrasser de cette main nerveuse, fortement nouée à la sienne.

— Attention, voici ma fiancée...

Mais la main aux doigts effilés se crispa davantage.

Claudette entra. Tout de suite, le visage de Paul affecta quelque trouble :

— Mademoiselle Claudette, nous vous attendions avec impatience... L'état de votre père s'est soudainement aggravé... Voyez, votre amie Geneviève vient d'avoir une syncope.

Il pensait, gêné :

— C'est qu'elle ne lâche pas, cette petite mâtine... Claudette serait jalouse, qu'il y aurait des pleurs et des grincements de dents...

Les mots prononcés par Paul furent comme un coup de fouet pour Claudette, qui se précipita éperdue dans la pièce où reposait Daniel.

Elle écarta brusquement Marius et Derieux, et, se jetant à genoux devant la chaise longue :

— Père! Père!

Mais les yeux entre-bâillés ne montraient plus que la cornée. Les paupières se violaçaient.

Elle répéta d'un ton déchirant :

— Père, père!

Les lèvres remuèrent un peu. Un léger spasme. Et ce fut tout.

Le grand écrivain, dont les ouvrages avaient passionné toute une génération, venait de s'éteindre sans agonie. On eût dit qu'il avait attendu sa fille pour mourir.

Mais Claudette, serrant désespérément la tête de Daniel dans ses bras, ne croyait qu'à une syncope.

— Vite, vite, cria-t-elle, qu'on aille chercher le médecin, pour une piqûre...

— Mademoiselle, je pourrais très bien lui faire cette piqûre, proposa Derieux.

— Merci, monsieur, refusa-t-elle sèchement.

Mariette, prévenue, se précipita vers la grille.

— Qu'on me laisse seule avec lui, ordonna Claudette avec autorité, il lui faut de l'air, il étouffe... Et ma mère qui n'est pas là... Ah! mon Dieu!

Elle appela de nouveau :

— Père, père... Réponds-moi, je t'en prie... Ouvre les yeux... Regarde... C'est ta fille qui est près de toi... Mon papa... Oh! mon papa... J'ai peur...

Marius et Derieux étaient allés rejoindre Paul Henric, ainsi que Geneviève, qui avait jugé bon d'abréger sa comédie et qui faisait le simulacre de sortir d'une longue torpeur.

— Eh bien? fit Paul au bohème.

— Je crois que c'est fini ou que ça approche... Pauvre vieux!

Il prenait un air de profonde affliction, faisant appel, mais vainement, à quelque larme qui se refusait à jaillir de ses gros yeux ronds faits pour rire toujours.

Il ajouta :

— Monsieur Paul, je crois que votre place serait près d'elle.

— Voyons, monsieur Marius, objecta Derieux, vous savez bien qu'elle ne veut personne dans la chambre.

— Elle a raison, dit flegmatiquement Paul, nous lui respirons son air au pauvre vieux... Tenez, si vous voulez m'en croire, allons tous sous la véranda... J'éprouve le besoin de griller une cigarette, cette odeur d'éther me dégoûte.

Tous, ainsi que Geneviève qui lui demanda son bras pour la soutenir, le suivirent. Ils prirent place dans des fauteuils d'osier. Paul sortit son étui à cigarettes, en offrit à ces messieurs et, le passant vivement sous le nez de Geneviève :

— Profil grec, il vaut mieux que vous vous absteniez.

Marius entra en lutte avec son énorme briquet à essence qu'un poilu lui avait rapporté de Verdun. Il fit tourner vainement la mollette.

— Rentrez votre lampe, vieux Montmartrois, ricana Paul, vous vous en servirez pour monter votre escalier.

Et il enflamma une allumette-bougie avec des gestes élégants, une aisance que savoura Geneviève.

— Messieurs, proclama Marius d'un air de pontife, souvenez-vous qu'il n'y a rien de plus capricieux qu'un briquet, une montre et une jolie femme.

Il y eut quelques rires vivement étouffés. Tous quatre venaient d'apercevoir Mariette qui revenait avec le médecin.

Ils se levèrent, prirent une attitude correcte.

— Mais, enfin, demanda Derieux, à mi-voix, de quoi meurt-il, au juste?

— Bah! répondit Paul de sa voix lente, aux syllabes sonores comme des coups de gong, il meurt d'avoir trop bien vécu...

XVII

Dans la chambre mortuaire, Claudette ne sanglotait plus. Les deux bonnes, bien dévouées, venaient de l'aider à transporter le maître sur son lit...

— Pauvre monsieur, dit la cuisinière, les yeux pleins de larmes, il ne pesait pas lourd.

Et, d'un geste éploré de ses grosses mains rouges :

— Mon Dieu! que la maladie l'a changé! ce n'est pas croyable, mademoiselle, ce n'est pas croyable...

Et Mariette, après un long reniflement :

— Tout de même... Ce qu'il en est de nous!... Avoir tant lutté pour en arriver là!...

Claudette croisa pieusement les mains du vieillard, lui mit un baiser sur le front :

— Pauvre père... Je t'aurais porté dans mes bras comme un enfant... Pauvre cher martyr!...

Elle tourna son visage bouleversé vers les bonnes :

— Je vous remercie de votre complaisance, toutes deux... les dévouées de la maison... Vous êtes un peu de la famille, vous... M'adresser à des étrangers, c'eût été un supplice... Ces gens m'agacent... Qu'on me laisse donc seule, moi et mon cher mort... Ils vont venir m'importuner, m'apporter les sempiternelles consolations d'usage, en se composant des figures de circonstance... Qu'ils m'épargnent donc, dans mon malheur, la vue de leurs grimaces.

Après un silence, elle demanda à Mariette :

— Ils sont toujours dans la véranda, à pérorer, à fumer, à ricaner?

— Je vais aller voir mademoiselle...

Mariette apparut soudain à Marius et à Derieux, interrompant les confidences du bohème. Celui-ci lâcha le bras de l'avocat pour accaparer la femme de chambre :

— Ma pauvre Mariette, ma pauvre Mariette... Quelle catastrophe!... Il y a déjà longtemps que vous êtes dans la maison, vous... Vous êtes un peu la confidente...

— Et le fiancé de mademoiselle? s'informa Mariette.

— Il est allé télégraphier à son père... Il va revenir bientôt... Ecoutez-moi un instant...

Il l'entraîna loin de Derieux, lui glissant à l'oreille :

— Vous êtes dans les petits papiers de madame et de Claudette... Je le sais... En les questionnant adroitement, tâchez donc de savoir si elles sont au courant d'une disposition testamentaire de mon pauvre cher ami par laquelle il me laisse, ma vie durant, une petite rente...

— Oh! monsieur Horn, s'indigna Mariette, ce n'est pas le moment de parler de ces choses-là!

Il lui tapota la main :

— Voulez-vous bien ne pas faire la méchante...

Mariette pensait :

— Un bonhomme qui ne donne jamais un sou de pourboire quand il vient se faire goberger pendant un mois à l'*Ermitage*... Il s'en ferait mourir!

Marius reprit, cauteleux :

— Dans une maison, les bonnes sont mieux renseignées que n'importe qui... Je le sais, je le sais... Enfin, si vous entendez parler de quelque chose, prévenez-moi.

Déjà Mariette le fuyait pour remonter près de Claudette :

Elle lui annonça :

— M. Paul est allé télégraphier à son père. Il ne reste ici que M. Marius et M. Derieux.

— M. Derieux?... Encore là?... Qu'attend-il pour disparaître?

Depuis le fameux soir où, arrivant à l'improviste dans la véranda, elle avait surpris sa mère et Derieux si près l'un de l'autre, sa haine avait grandi contre le suborneur. La vue du jeune avocat lui causait maintenant une irritation dont elle n'était plus maîtresse. Mme Chambaud étant mise hors de cause, elle n'en voulait qu'à ce galant oisif qui, par le charme de son physique, de sa parole et de sa jeunesse, s'efforçait à faire oublier à une femme faible le sentiment du devoir.

Elle se précipita hors de la chambre, se dirigea vers la véranda.

Derieux la vit s'approcher, fulgurante, hautaine. Il pâlit, sentant déjà venir la flèche, ne doutant plus de l'aversion qui s'était accumulée dans ce cerveau austère.

Il eut une légère inclinaison de tête, résolu à braver le camouflet que Claudette lui préparait.

Ce fut rapide, cinglant :

— Qu'est-ce que vous faites ici, monsieur?... Votre place n'est plus dans cette maison... Le deuil cruel qui nous frappe aurait dû déjà vous en chasser...

Il balbutia :

— Je respecte votre volonté, mademoiselle, en attendant d'avoir plus tard une explication sur le motif qui vous rend si dure à mon égard...

Il la salua et sortit, la laissant toute tremblante d'avoir osé.

XVIII

Décidément, Pierre ne pouvait digérer l'affront subi. Résolu d'abord à quitter Dieppe, le soir même, il s'était ravisé. En moins d'une heure, le sentiment qui le tenait enchaîné à sa résidence estivale, lui avait inspiré plusieurs solutions. D'abord, rester dans sa chambre en attendant les événements, mais c'était bien monotone pour un garçon bilieux et actif, écrire quelques mots attristés à Mme Chambaud en lui parlant de l'algarade, puis en laissant ignorer l'algarade. Enfin, il décida de ne pas lui écrire du tout, et de la voir, tout simplement...

Le lendemain, posté à la gare en obstiné, il attendait fébrilement le train lorsqu'il vit Paul descendre d'auto. Il eut un mouvement de colère :

— Allons bon, un témoin gênant. Si elle arrive par ce train, impossible de lui parler... Sans doute, Paul a-t-il été prévenu de l'arrivée de son père?

Bientôt Derieux entendit le convoi entrer en gare. Dissimulé derrière deux rangées de personnes attentives, le jeune homme guetta.

Sa nature furieusement ombrageuse ressentit un choc violent, Mme Chambaud se trouvait bien au nombre des voyageurs, mais le vieil Henric l'accompagnait. Elle sortit lentement, l'air abattu, s'appuyant sur le bras du financier.

Derieux eut une exclamation de dépit. De loin, il vit Paul s'avancer, son chapeau à la main, vers le couple, il le vit aider la veuve à monter dans l'auto, où la suivit Henric, puis, il resta crispé, tandis que l'auto filait à toute allure.

— Ainsi, murmura Derieux, en agitant rageusement sa canne, ils se sont vus à Paris! Décidément, l'argent aura toujours le dernier mot...

L'auto venait de s'arrêter devant l'*Ermitage*.

Paul tendit la main à Renée. Précédant ces messieurs, elle traversa le jardin très vite, passa devant plusieurs personnes qu'elle salua sans un mot, comme si le chagrin l'étouffait.

Sur le perron, Claudette accourut, se jeta dans ses bras. Et les larmes jaillirent.

— Ma pauvre enfant, haletait la veuve, pourquoi ai-je eu la mauvaise inspiration de partir?... Oh! n'avoir pu assister à ses derniers moments?... Quel immense regret dans ma vie!... Maintenant, je ne tiens plus à rien, vois-tu, à rien... Oh! pardon de ce mot de désespoir... Tu me restes, toi, ma chérie... ma bonne chérie...

Bientôt, elles pénétraient dans la chambre mortuaire. On entendit des sanglots. Des mots mouillés parvinrent aux oreilles de Paul et de son père qui se disposaient à entrer :

— Comme il a la figure reposée... On dirait qu'il dort... Croirait-on qu'il a tant souffert pour en arriver là?...

Henric et son fils ne firent qu'une courte halte au chevet de Daniel Tous deux, laissant la mère et la fille à leurs embrassements douloureux, se retirèrent dans le cabinet somptueux de l'écrivain, qui s'ouvrait sur la mer calme comme un lac.

Henric s'assit devant le bureau de Daniel avec désinvolture.

— Quand j'ai reçu ta dépêche, j'ai fait prévenir aussitôt les journaux... Ceux de ce soir vont en parler... Ceux de demain publieront des tartines...

— Alors, tu t'es rencontré avec Mme Chamband à la gare Saint-Lazare?

— Elle montait dans le train lorsque je l'ai aperçue... Je l'ai mise immédiatement au courant de la nouvelle... Mon cher ami, quel voyage! J'ai cru plusieurs fois qu'elle allait se trouver mal... J'avais hâte d'arriver... Elle répétait constamment : « Mon pauvre Daniel, mon pauvre Daniel! Faudra-t-il l'abandonner là-bas, dans le petit cimetière de campagne, toi, dont la place est au Père-Lachaise, à côté des grands écrivains de la race. » Je l'ai rassurée tout de suite... Je lui ai appris, qu'avant de partir, j'avais pris mes dispositions pour que Daniel eût des funérailles dignes de sa personnalité, que ce vieux camarade serait transporté à Paris, et qu'il allait reposer dans le caveau de famille. Ah! mon cher, quelle transformation sur son visage. Elle m'a demandé à m'embrasser, me disant qu'elle n'oublierait jamais mes bontés. Elle eut à plusieurs reprises des airs langoureux de petite fille perdue : « Oh! monsieur Henric, me disait-elle en me prenant la main, vous ne m'abandonnerez pas, vous ne m'abandonnerez jamais?... » J'ai été positivement secoué, car tu sais, Paul, ou, du moins, tu ne sais pas...

Paul eut un sourire diabolique :

— Si... Je sais...

— Tu sais quoi?

— Je sais que tu es toqué de cette femme, et que tu t'es toujours efforcé de me cacher tes sentiments qui étaient pourtant à mes yeux aussi transparents que ce rideau de tulle.

Le vieil Henric eut un air confus de gamin pris en faute.

— Ah! cette jeunesse à l'affût, murmura-t-il, on ne peut rien lui cacher!

— Et alors que penses-tu faire?

— Eh bien te marier d'abord le plus vite possible avec Claudette.. Etant donné son deuil, les choses se passeront sans fla-fla, dans la plus stricte intimité...

— Est-ce que tu y tiens beaucoup à ce mariage avec Claudette?

La plus vive stupeur se peignit sur le visage du financier :

— Ah! ça! Paul, tu n'es plus à la page, ma parole, ou tu perds la raison, c'est l'un ou l'autre. Es-tu fiancé oui ou non à Claudette?...

— Qu'est-ce que ça prouve? rétorqua flegmatiquement le jeune homme,

Henric s'était dressé comme si un ressort venait de le soulever de son siège :

— Ecoute, Paul, je connais ta nature paradoxale, c'est pourquoi je ne m'émeus pas... Avec moi ne fais pas le serin, veux-tu, ça ne prend pas!

— Papa, reprends ta place et causons comme des gens sérieux, des gens qui n'ont rien à se cacher, et qui voient chacun leur intérêt... Penses-tu que Claudette soit bien la femme qu'il me faut?

— Il ne s'agit pas, en ce moment, de discuter, s'emporta Henric, Claudette t'a plu, je ne t'ai pas pris en traître... J'ai demandé pour toi sa main à Daniel, l'affaire est conclue, n'y revenons pas...

— Pardon...

— Quoi, pardon... Tu vas recommencer encore avec tes taquineries stupides... Oh! en voilà assez...

— Mais, ne t'emporte pas. Tu vois que je parle posément.

— Tu m'énerves, tiens...

Et comme Henric allait se redresser de nouveau, Paul abattit sa main d'athlète sur son bras, l'obligeant à rester assis.

— Laisse-moi parler... J'ai bien réfléchi depuis que nous sommes venus pour la première fois à Dieppe, depuis que tu as demandé pour moi cette Claudette sublime pour laquelle j'ai un peu d'affection et beaucoup d'admiration... Mais affection et admiration ça ne veut pas dire amour. L'amour vient lorsque chacun s'y prête.. Or, j'ai constaté que Claudette est une jeune fille bien obéissante, bien soumise, qui se marie sans conviction, tout simplement par ordre.

— Allons, allons...

— Me laisseras-tu parler... J'ai constaté que mon père était un créancier retors qui en disant à un moribond : « Mon argent ou ta fille », n'avait en vue ni cette somme qui ne le rendra pas beaucoup plus riche, ni le bonheur de son fils, mais simplement qu'il se réservait un contrôle sur le cœur de la future veuve, et plantait des jalons pour arriver plus sûrement à réaliser son ambition sentimentale...

— Tu es fou, fou à lier! grogna Henric.

— Mon pauvre papa, je crains fort que toutes les manœuvres soient vouées à un fiasco complet. Toi, l'habile financier, n'aurais-tu pas manqué de diplomatie et de doigté... Mme Chambaud est rouée, elle te roulera.

— Vraiment?

— Tu as un concurrent sérieux... le jeune Derieux.

— Hein... Derieux, cet avocaillon sans cause, dont elle pourrait être la mère?

— Que veux-tu, l'amour est aveugle!... De tout temps, c'est un enfant qui a personnifié l'amour! Quel as, l'ancêtre qui a imaginé ce symbole!

— Laisse-moi rire avec ton Derieux!

Henric n'avait pas envie de rire. Il venait d'être mordu au cœur.

Ainsi, ils étaient deux à se disputer les grâces de la jolie femme, alors que le mari venait à peine de fermer les yeux pour l'éternité. Ce nom abhorré jeté par Paul le rendait fou de jalousie. Il se tourmentait déjà à l'idée de subir la présence du rival dans la maison mortuaire, où il s'était cru déjà chez lui.

A présent, il arpentait, soucieux, le cabinet du maître... Stoppant soudain devant son fils qui sortait son étui à cigarettes :

— Mais enfin, ce Derieux, il n'a pas d'argent?

— Il m'a avoué, en effet, que sa situation était des plus modestes, et qu'il attendait d'être nommé substitut en province.

— Alors?... Tu sais fort bien que cette femme est un gouffre.

— Bah!... Quand on est amoureuse!... Elle lui en fera trouver de l'argent, ne t'en fais pas!...

L'entrée de Mme Chambaud interrompit la conversation. Elle avait déjà l'allure vaillante d'une femme qui se dispose à réagir.

Elle murmura :

— La pauvre Claudette est effondrée... moi, je ne dois pas me laisser abattre... Dites, Henric, j'ai un certain nombre de dépêches à envoyer, vous les rédigerez mieux que moi... Vous avez l'habitude...

— Volontiers, chère amie...

Elle ouvrit un tiroir du bureau, sortit un carnet d'adresses.

— D'abord les Sociétés Littéraires et Savantes dont il faisait partie... Voici la liste... Puis les grands amis... Les familles avec lesquelles nous sommes liées... Pas de faire-part, puisque la date des obsèques sera annoncée par les journaux... Tenez, je marque d'une croix toutes les personnes à prévenir... M. Paul sera bien gentil d'aller porter ces dépêches... Mes bonnes sont débordées... Ah! j'y pense... A peine a-t-on appris la mort de mon mari qu'on a présenté des notes à payer... C'est écœurant... Soyez donc assez gentil pour avancer ces sommes, Henric... Je n'ai pas la tête aux chiffres... Autre chose...

Elle appuya sur un bouton électrique. Mariette apparut :

— Qu'est-ce que Constance nous donne à déjeuner?

— Il y a du gigot froid, madame.

— Qu'elle fasse une mayonnaise... Vous aimez la mayonnaise, Henric?

— Beaucoup.

— N'est-ce pas, Mariette, une mayonnaise? Et comme légumes?

— Constance avait pensé à du macaroni.

— J'aimerais mieux des haricots verts. D'ailleurs, je vais aller voir Constance...

Laissant le père et le fils dans le cabinet, elle sortit, suivie de sa femme de chambre.

Quelques pas dans la galerie, et elle s'arrêta net :

— Dites-moi, chuchota-t-elle, je pensais trouver M. Derieux ici?... Je ne le vois pas... C'est extraordinaire,

Mariette simula l'ignorance :

— Je ne sais pas, madame... Il est parti hier après la mort de monsieur, et on ne l'a pas revu.

— Il ne serait pas indisposé?

— Je ne pourrais dire.

— C'est singulier tout de même, ce garçon qui était devenu un grand ami de la maison...

Elle se dirigea dans la cuisine, s'entretint un moment avec la cuisinière, donna des ordres, puis regagna, très agitée, la chambre mortuaire... Frappant l'épaule de Claudette en prières, elle lui souffla :

— Peux-tu venir une seconde...

Claudette se leva. Mme Chambaud semblait assez embarrassée pour poser la question qui lui brûlait les lèvres :

— C'est curieux... Je n'ai pas encore vu M. Derieux?... Je m'étonne qu'un garçon qui pouvait nous rendre maints services se dérobe ainsi à son devoir...

Revenue dans le cabinet de son mari, elle se laissa choir dans un sofa :

— Mon bon Henric, je vous donne du travail, hein?... Que d'excuses... Ah! vous êtes l'homme précieux, vous, l'homme de devoir, sur lequel on peut se reposer... Daniel vous aimait tant... Grâce à vous, mon bon Henric, il aura des obsèques méritées... Quel travailleur!... Il ne comptait que des amis!... Si obligeant pour tout le monde... Tenez, ce Marius qui fouine dans tous les coins, qui se donne la même importance que s'il était de la famille, eh bien, il pourra vous dire à quel point Daniel était complaisant... Il m'amuse quand il parle de son à-propos à la Comédie-Française... J'ai toujours envie de lui dire : « Je connais l'histoire, c'est mon mari qui l'a écrit d'un bout à l'autre cet à-propos, c'est lui qui l'a fait recevoir... Ce que vous lui aviez apporté était ridicule et injouable... »

— Brave Marius, ricana Paul, il se garde bien de nous faire connaître ce détail.

— Pauvre imbécile qui, dans l'immensité de son néant, se croit quelque chose... Il y en a des milliers comme ça... Eh bien, mon pauvre mari encombrait sa vie de gens de ce calibre qui ne venaient que pour le taper... Je comprends maintenant la raison de cette gêne qu'on me cachait...

Paul toussa : « Hum, hum! »

Puis, la veuve, après un silence :

— Tout de même, ça va faire un bel enterrement, dites, Henric?

XIX

Mme Dauberval venait de sortir, comme tous les matins, son filet à provisions au bras. Une grande amélioration dans l'état de son fils la rendait allègre. Sa première visite était toujours pour la marchande de journaux. Elle prenait le quotidien de son fils, l'ouvrait pour voir s'il ne contenait pas de nouvelles sensationnelles, et le glissait dans son filet.

Ce matin-là, en première page, un portrait lui tira les yeux. Elle lut avec émotion : « Daniel Chambaud est mort », et parcourut très vite l'article nécrologique, expliquant par quelle maladie était enlevé l'écrivain, puis citant ses œuvres principales avec quelques commentaires.

Une vive anxiété agita Mme Dauberval. Son fils commençait à se lever deux heures par jour. Les forces lui revenaient. Mettre ce journal entre ses mains, c'était l'encourager à commettre une imprudence. Il ne pourrait résister au désir de prendre le train, de filer à Dieppe.

La visite funeste de Mme Chambaud avait déchaîné chez lui trop d'espoirs chimériques :

— Ah! mon Dieu, qu'il se garde d'aller au-devant de nouvelles souffrances! Il me reviendra abattu, sans courage, ce sera la rechute... Non, non, il ne faut pas qu'il lise le journal aujourd'hui... A tout prix, il faut qu'il ignore ce décès... Il l'apprendra plus tard, bien assez vite...

Elle enfouit le journal dans une poche, sous sa jupe, fit ses autres courses d'un air préoccupé, puis lorsqu'elle revint avec son filet plein, elle simula une grande lassitude.

Jacques venait de se lever. Il chancelait un peu en marchant.

— Quoi donc? Ça ne va pas, mère?

— Oh! pas du tout... Je me suis sentie indisposée comme je sortais, et j'ai fait toutes mes courses en me traînant... J'ai hâte que la femme de ménage arrive; il y a des choses que je la prierai de faire à ma place...

— Pauvre maman... repose-toi... Nous voilà bien lotis tous deux... Est-ce moi qui vais faire maintenant la garde-malade?

Il lui mit ses deux mains amaigries et fraîches sur les joues, lui frôla le front de ses lèvres, puis :

— Tu as mon journal?

— Ah! mon Dieu... Je savais bien que j'oubliais quelque chose... Comme c'est ennuyeux... « Tu m'en veux, dis, mon petit... Si j'étais plus solide, je serais déjà dans l'escalier...

— Reste, va, pauvre maman... Je ne suis pas exigeant au point de t'imposer une telle fatigue... Tu le prendras demain...

Elle se montra rassérénée. Quelle chance! Jacques était dupe de sa petite comédie.

Pour la première fois, depuis sa maladie, il prit place à table devant elle et mangea sans grand appétit ses deux œufs sur le plat. Le vin lui paraissait amer. Il dit soudain comme s'il sortait d'un rêve :

— Mme Chambaud que tu as vue...

— Oui, eh bien?

— Eh bien, quand elle est entrée, il me semblait voir sa fille... C'est frappant de ressemblance...

— Mange, mon Jacques... Tiens, tu laisses tomber un peu de jaune sur ton col.

— Frappant de ressemblance, répéta-t-il en grattant la tache avec son couteau.

Elle se leva et partit à la cuisine, espérant qu'il comprendrait qu'un tel sujet ne pouvait que l'incommoder. Elle marmotta :

— C'est navrant... Il y pense toujours, toujours, toujours... Oh! cette femme qui a eu le toupet de venir, cette femme avec ses demi-promesses fausses et gluantes, comme je lui en veux!...

Quand elle revint, portant un petit plat de nouilles, Jacques était absorbé dans ses rêveries. Elle le considéra d'un regard malheureux :

— A quoi penses-tu, mon Jacques?

— A rien.

— Allons donc!

Il eut un regard suppliant :

— Pourquoi me questionner, mère, je pense

à des choses qui te font tant de peine mais qui me font tant de bien... Il y a des souvenirs qu'on n'oublie pas, que veux-tu!

— Va, le cœur des mères c'est fait pour souffrir.

Il y eut entre eux un long silence, puis :

— *Quel courrier, Henric!* (p. 26).

— Oh! comme je voudrais que ton cœur fût de roc, murmura Mme Dauberval.

— Je ne t'aimerais peut-être pas autant.

— Oui, mais il en est une autre dont tu te serais détaché plus vite... Vois-tu, Jacques, ce qui me navre, c'est que, depuis que ton état s'améliore, tu te plonges jusqu'au cou dans les ouvrages de Daniel Chambaud... Tu ne peux plus en sortir, c'est une obsession... Lis donc des choses un peu frivoles qui t'égaieront... Laisse donc un instant ces œuvres tragiques de côté, elles ne peuvent qu'exercer une dépression funeste sur ton esprit... Je voudrais près de toi un ami gai, plein d'entrain, qui te change les idées par son enjouement, un ami comme Derieux, par exemple...

Il fronça le sourcil.

Vite elle mit la conversation sur un autre sujet, pensant que les deux amis ne s'étaient pas quittés en très bonne intelligence.

Vers trois heures, Mme Dauberval entra dans la chambre de son fils :

— Mon petit Jacques, il faut te recoucher... Si le médecin apprenait que tu es resté debout cinq heures...

— Oui, mère, fit-il docile.

Et tout en se déshabillant :

— Décidément, ça me manque le journal, aujourd'hui...

XX

Dans le grand appartement de la rue Caumartin, Mme Chambaud aidait Mariette à ouvrir les fenêtres, puis à débarrasser les fauteuils de leurs housses.

Henric s'était assis et regardait la jolie femme aller et venir d'un œil de gourmet. Il se réjouissait de n'avoir pas revu Derieux que son fils lui avait représenté comme un rival inquiétant.

— Bah! pensait-il, c'est un gosse ce Derieux, je pensais bien que Mme Chambaud l'aurait balayé... Ce Paul, il vous fait de ces peurs!...

Mme Chambaud se tourna vers Henric :

— Voulez-vous vous rafraîchir?

— Ma foi, chère amie, j'accepterais bien une tasse de thé.

— Mariette, faites-nous du thé.

Et s'asseyant devant son secrétaire :

— Ouf... Je suis lasse... Quel courrier, Henric, regardez-moi ça... Devant elle s'effondrait une pile d'enveloppes et de dépêches.

Elle les rompit nerveusement, lisant à haute voix le contenu de chacune d'elles, appelant des noms ronflants : un tel de l'Académie, un tel, ancien ministre, un tel, député...

Elle s'interrompit dans son dépouillement pour dire :

— A propos, Daniel était commandeur de la Légion d'honneur... Il y aura des soldats, n'est-ce pas?

— Tranquillisez-vous... J'ai fait le nécessaire... Vous entendrez le tambour...

— Ce sera un chic enterrement tout de même... Vous avez vu les premières couronnes?...

— Je les ai aperçues lorsque la concierge nous a conduites dans le petit réduit où on les a déposées pendant votre absence...

— Celle de la *Société amicale des Romanciers français* est de toute beauté... Allons bon, on sonne, déjà des visites...

Elle se dirigea à pas de loup vers la porte, chuchota :

— Mariette, Mariette, je n'y suis pour personne... Dites que madame est très fatiguée, qu'elle ne reçoit pas...

Puis revenant au salon :

— Non, vous comprenez, Henric, ce n'est pas le moment.

Mariette frappa et entra :

— C'est pour les pompes funèbres.

— Dans ce cas, fit Mme Chambaud en se tournant vers le financier, cela vous intéresse, mon bon ami, je vous laisse y aller seul...

Henric sortit. Mme Chambaud continua le dépouillement du courrier. A présent, elle ne se donnait plus la peine de lire que les noms des personnages, pressant le mouvement :

— Encore, encore?... Ça rend fière tout de même... Il aura été regretté...

Et quand elle arriva à la dernière :

— Ainsi, pas un mot de lui... lui, l'intime... C'est insensé, incompréhensible!... Un garçon de tact... Est-il resté à Dieppe? Est-il revenu à Paris? Mystère!... Je comprends qu'après nos imprudences il soit gêné, mais enfin quelques mots de condoléances m'auraient fait tant plaisir... Rien non plus de ce bon Jacques... C'est choquant... Il est dit que la vie n'est faite que de déceptions...

Mariette entra.

— C'est la couturière.

— J'y vais, Mariette...

La femme de chambre ajouta aussitôt :

— Il y a aussi M. Marius. Il a promis de se mettre à la disposition de madame pour le cas où elle aurait un besoin urgent de ses services.

Mme Chambaud leva les bras au ciel :

— Mais c'est une sangsue cet individu-là... Quand il m'a fait la proposition, je lui ai répondu que je n'avais besoin de personne... Ah çà! est-ce qu'il va venir prendre pension ici? C'est bien assez de l'avoir supporté là-bas, pendant un mois... Dites-lui que je suis très fatiguée, que j'ai besoin d'être seule... Oh! quel crampon, quel crampon...

Mariette transmit la réponse de sa maîtresse. Marius insista :

— Si je pouvais la voir seulement une seconde.

— Mais c'est impossible, monsieur Horn, madame se repose.

— Et Claudette?... Elle n'est pas encore arrivée?

— Non, elle ne revient que ce soir... Vous le savez bien.

— C'est vrai, c'est vrai... Alors je reviendrai... Je tiendrais tant à veiller une dernière fois près de mon ami, mon grand ami...

Sa voix se mouillait. Il ajouta :

— Je l'aimais tant, il était si bon pour moi... Quelle perte!

En descendant l'escalier lentement, Marius grommela :

— Ah! de son temps, on ne m'aurait pas laissé partir comme ça... Même pas une tasse de thé, même pas un bouillon... Soyez donc dévoué!... Je vais aller attendre Claudette à la gare, ça me fera passer le temps...

Il croisa la concierge qui montait avec un volumineux courrier. Il était au mieux avec cette femme à laquelle il avait eu le toupet de faire autrefois un petit emprunt que Daniel avait remboursé.

— Ah! Madame Jacquot, ce sont les lettres de condoléances... Quel paquet!... Je peux mourir, mes héritiers n'en recevront pas une seule.

Lorsque, dans la soirée, Claudette sortit de la gare, entre Paul et Geneviève, Marius surgit soudain devant eux :

— Mademoiselle Claudette, j'ai une petite grâce à vous demander... Lorsqu'on aura rapporté mon pauvre cher grand homme, je désire de tout cœur veiller près de lui... Ne me peinez pas... Vous êtes si bonne, et je l'aimais tant.

— Mais, monsieur Horn, fit simplement Claudette, ce sont des choses qui ne se refusent pas... Ce pauvre papa avait une grande amitié pour vous. Vous pourrez revenir dans une heure.

— Oh! merci, merci, fit-il lyrique en saisissant la main de Claudette qu'il porta à ses lèvres.

Puis, en s'éloignant :

— Je savais bien que j'aurais gain de cause avec cette bonne petite fille qui mettait son père au-dessus de tout... Dieu que j'ai faim!... Je suppose bien que j'aurai droit à un bouillon!...

***

Minuit sonnait. Marius enfoncé dans un fauteuil, face à Claudette épuisée, blafarde, prêtait l'oreille à un bruit de papier froissé dans la pièce voisine. C'était Mme Chambaud qui faisait l'inventaire des tiroirs, en compagnie d'Henric.

Soudain elle s'écria :

— Enfin le voilà... Je savais bien qu'il n'était pas à l'*Ermitage* ce testament. Voyez, voyez...

Elle lut à haute voix :

« Je soussigné, Jean-Daniel Chambaud, déclare

instituer pour ma légataire universelle mon épouse, Mme Renée-Henriette Chambaud, née Clermonde. En conséquence, je lègue à Mme Renée-Henriette Chambaud, tous mes biens sans exception et de quelque nature qu'ils soient qui composeront ma succession. Fait et écrit entièrement de ma main, etc., etc. »

— Vous voyez, Henric, que ses neveux ont été écartés du testament. S'ils le veulent, le notaire leur en donnera connaissance... Je suis seule héritière de tout, de tout...

Marius eut un long hochement de tête et marmotta entre les dents :

— Il n'y a pas que les neveux qui ont été oubliés, il y a moi... Mais n'existe-t-il pas un testament postérieur? Cette femme est si rouée...

Il n'avait pas cru à la réponse pessimiste de ce pince-sans-rire de Paul, et il avait espéré encore. Maintenant il était fixé, c'était l'effondrement. Il devait donc s'efforcer de conquérir les bonnes grâces de Mme Chambaud qui jusqu'ici le traitait trop en parent pauvre...

Il entendit Henric prendre congé de la veuve en disant :

— A demain, chère amie, je serai ici de bonne heure.

Alors, quand la porte se referma, Marius quitta son fauteuil. Il avait grand besoin de se dégourdir les jambes :

— Si j'osais, dit-il, je fumerais une pipe, mais avec ces gens de la haute, ce serait mal pris... Je n'ose même pas aller la fumer dans le vestibule. Ah! si ce pauvre Daniel pouvait parler à travers ses planches, il me dirait :

« — Fume-la ta pipe, fume-la, vieux frère! »

Soudain, un grincement prolongé. La porte s'ouvrit lentement. Mme Chambaud apparut. Elle jeta sur sa fille endormie un regard de pitié :

— Pauvre mignonne... Quel courage!... Je n'ose pas la réveiller.

Puis, tournée vers Marius :

— Si vous voulez prendre quelque chose, c'est le moment.

Le bohème acquiesça et la suivit dans la salle à manger.

Il y avait sur la table une théière, un plat de viande froide et de jambon, quelques fruits.

Mme Chambaud s'assit à la place qu'occupait autrefois Daniel, invita d'un geste Marius à en faire autant, puis, après avoir amené sur son assiette une tranche de veau, présenta le plat au bohème.

L'extrême froideur qu'observait la veuve intimidait Marius. Le gaffeur était très embarrassé pour amorcer la conversation.

Après avoir engouffré une forte bouchée de rosbif :

— Ma pauvre madame, comme je vous plains, ce que vous devez être lasse?...

— Oui, très lasse... très lasse...

Alors il reparla des derniers moments de Daniel, des intimes de l'*Ermitage*, puis enfin, étourdiment, avec la conviction que Mme Chambaud était au courant du geste de Claudette et l'avait approuvé :

— Et Derieux!... En voilà un qui a reçu son congé en bonne et due forme... Claudette a eu raison... Il devenait encombrant ce citoyen-là!

Mme Chambaud le regarda, interdite

Il poursuivit en mâchant une seconde bouchée de rosbif :

— Quand elle lui a dit : « Sortez, monsieur, votre place n'est pas ici », il avait l'air de ne pas être à la page... C'est vrai, aussi, il y a des gens qui n'y mettent aucune discrétion...

La veuve ne voulut rien laisser voir de son trouble. Elle se contenta de répondre :

— Oui, oui, il y a des gens qui se croient trop chez eux.

Marius avait l'esprit trop lourd pour se formaliser de l'allusion. Il ne s'étonna même pas de voir Mme Chambaud lancer sa serviette sur la table et sortir. Au contraire. Il avait jeté déjà son dévolu sur une autre et magnifique tranche de rosbif qu'il s'empressa de glisser dans son assiette.

Mme Chambaud s'était retirée dans le cabinet de son mari.

— Je m'explique maintenant sa disparition, son silence. Claudette l'a chassé... Claudette s'est permis... Non, c'est trop fort... Après une avanie comme celle-là, je comprends qu'il hésite à revenir... Mais enfin, de quoi Claudette se mêle-t-elle?... Oh! nous aurons une explication... Ce n'est pas le moment de lui parler de l'affaire... Dans quelques jours...

Elle reprit son inventaire, lisant machinalement des papiers, mais sans pouvoir chasser de son idée la révélation.

— Non, non, Claudette n'aurait pas dû agir ainsi... Derieux est un homme distingué, bien élevé, plein de tact. Il a dû trouver le procédé avilissant...

A présent, elle ne pouvait tenir en place. Il lui fallait une explication rapide. Son extrême nervosité s'accommodait mal d'une longue attente.

Un hasard lui offrit l'occasion demandée.

Claudette enfin réveillée, entra dans le cabinet. Elle était grelottante, et venait chercher un châle qu'elle avait sur un siège. Mme Chambaud, après un coup d'œil à la pauvre petite figure crispée, vieillie, se sentit incapable de reproches cinglants.

— Viens un peu près de moi, ma chérie, fit-elle, les bras tendus.

Claudette tomba près de sa mère avec un frisson. La veuve l'étreignit, la berça un moment, lui frôla les paupières de ses lèvres brûlantes, puis, doucement :

— Dis-moi, il m'est revenu incidemment aux oreilles un petit événement que tu m'as toujours caché... Tu aurais chassé M. Derieux?...

Claudette eut un tressaillement. Et sans prendre la peine de demander de qui sa mère tenait la confidence :

— Oui, je l'ai chassé... et je ne regrette rien...

— Pourquoi, chère petite, avoir agi ainsi?

— Oh! ne me questionne pas... Nous entrerions dans des détails trop pénibles... Le moment est mal choisi...

— Quels détails pénibles?... Je ne comprends plus...

— Et moi je n'ai que trop bien compris... Ce personnage jouait près de toi un rôle odieux... Oh! chère maman, loin de moi la pensée de t'incriminer en quoi que ce soit... J'avais si peur que tu deviennes le jouet de cet homme. Il y a des faiblesses contre lesquelles une femme ne sait se défendre.

Elle lui avait fait un collier de ses bras :

— Petite mère, ne m'en veux pas, je t'en prie... Je n'ai pas le droit de sonder ton cœur... Tu es la femme honorée et respectée de celui qui repose près de nous, dans cette chambre... Ce Derieux, vois-tu, aurait pu laisser supposer des choses qui ne sont pas, des choses dont tu es incapable... A côté de la souffrance que j'endurais en voyant ce pauvre père sur sa fin, il en était une autre, une souffrance où il y avait du dégoût et de la honte...

Mme Chambaud allait parler, Claudette lui mit délicatement la main sur la bouche :

— Ne réponds pas, ne te défends pas, tu es

hors de cause, je t'en conjure, tu es toujours ma chère mère au cœur immaculé. Plus un mot des jours passés, cela pour la mémoire de notre disparu qui nous voit, qui nous entend...

Empoignée par ces paroles de sagesse, Mme Chambaud fut secouée d'un sanglot :

— Tu as raison, tu as raison, ma chérie, va, rassure-toi, je ne reverrai plus ce Derieux... je le biffe de nos relations...

— Oh! merci, mère, ta résolution me soulage.

— Et toi, pauvre enfant, n'ai-je pas le droit de le tâter un peu ce cœur sur lequel j'ai tant veillé?... Ce futur mariage t'obsède. Tu souffres?

— Doit-on souffrir en exécutant pieusement la volonté d'un mort?

— Comme je te vois malheureuse! Oh! cette sensibilité qui va se heurter à un bloc d'indifférence, oh! l'opposition de tes sentiments élevés avec cette gouaillerie glaciale et cynique! Non, non, je ne te vois pas enchaînée à ce garçon. Il est trop moderne pour toi...

— Mère, le rôle d'une femme n'est-il pas d'opérer une conversion à force de patience et de douceur.

— Tu n'obtiendras rien.

— Je lutterai, mais je ne me délierai jamais de mon serment... J'ai promis, je dois tenir...

— Quand tu parles ainsi, je crois entendre Daniel... Figure-toi que, dans notre désarroi, je n'ai pu te parler de ma visite à Jacques... Je l'ai trouvé un peu remis d'une grave maladie.

— Vraiment?... Pauvre garçon!

— Tu y penses toujours; dis-moi la vérité?...

Elle n'osa avouer, puis vivement :

— A quoi bon me parler de Jacques, puisque je ne dois plus songer à lui... Pense-t-il encore à moi seulement?... J'ai eu la curiosité de jeter un coup d'œil sur les lettres reçues... Pas un mot de Jacques... Il y a pourtant des amertumes qu'on oublie devant la mort...

— Je t'arrête... Il pense à toi... J'ai senti sa main trembler, j'ai vu son regard briller lorsque j'ai prononcé le nom aimé de Claudette...

Claudette s'arracha sans raideur à l'étreinte de sa mère. Cette évocation d'un être dévoué, charmant et sentimental qui lui avait donné de si courts instants d'espoir dans un avenir conforme à ses rêves de jeune fille, lui faisait mal. Elle murmura :

— Je te quitte... J'ai encore si peu de temps à rester près de lui!... Pauvre père, ne le privons pas des dernières heures qui lui sont dues...

XXI

Quelques jours s'étaient écoulés depuis qu'une foule plus ou moins recueillie avait suivi le corbillard de première classe du maître, sous une pluie fine et pénétrante. Chaque délégué des sociétés littéraires et savantes dont faisait partie le maître avait prononcé son discours interminable devant la tombe entourée de diverses notabilités des arts et de la politique. On remarquait plusieurs académiciens en grande tenue, l'épée au côté, le parapluie à la main, des visages connus de comédiens et de comédiennes, des politiciens en renom qui avaient l'air de petits retraités, de petits retraités qui avaient l'air de ministres.

Rue Caumartin, dans le grand appartement où un nœud de deuil venait d'être appliqué sur le tableau représentant le maître peint par un autre maître, on parlait encore de cet enterrement somptueux, des beaux discours sous la pluie, et de la cérémonie en musique à l'église Saint-Louis d'Antin, pas assez grande pour contenir la foule.

Les deux bonnes, Mariette et Constance, qui connaissaient la situation précaire de leur maîtresse, disaient entre elles :

— M. Henric va savoir ce que ça lui coûte... sans compter que c'est lui qui finance toujours... Dettes en retard, robes de deuil, chapeaux et casuel, il tient à tout payer.

Mariette insinua :

— Madame se remariera, allez.

— Et elle aura raison. Elle est encore jeune.

— Je ne peux m'empêcher de rire, lorsque je les sers à table, en voyant comme Henric couve madame des yeux...

— Dites donc, il apportera son argent, mais madame, en échange, lui donnera sa beauté et un reste de jeunesse bon à prendre pour un grigou comme lui...

Mme Chambaud, absorbée dans de mystérieuses rêveries, répondait machinalement aux lettres d'affaires. Elle invitait tous les signataires à s'adresser à M. Henric. Une facture, un mémoire d'entrepreneur lui étaient-ils adressés, qu'elle s'écriait :

— Mais c'est effrayant... Ça doit être payé depuis longtemps?... Claudette, consulte tes livres... Je me méfie du monde aujourd'hui, on est tellement roulé... Tu comprends, deux femmes seules, désemparées, c'est une proie facile!

Invariablement, Claudette répondait :

— C'est bien dû.

— Comment, depuis si longtemps?...

Et, d'un grand coup de crayon bleu, elle traçait : « Pour M. Henric. »

Non, non, malgré la promesse donnée à sa fille de ne plus revoir Derieux, elle ne pouvait oublier le beau visage pâle, douloureux, presque tragique du jeune homme, lorsque à l'issue de la cérémonie religieuse, il s'était approché d'elle pour lui glisser :

— Je suis avec vous de tout cœur...

On eût dit que le dernier mot se perdait dans un sanglot.

Ce n'était pas le moment de penser à ce garçon qui avait un peu abusé du désarroi de son âme, et pourtant elle ne pouvait chasser le souvenir irritant de ses soupirs, des mots irrésistibles chuchotés à son oreille, et même d'un baiser qui, par moments, lui brûlait encore les lèvres...

Henric, toujours fourré chez elle, prenait des airs mielleux si artificiels, qu'il finissait par l'agacer. Elle le supportait parce qu'elle en avait besoin, mais ce n'était pas l'envie qui lui manquait de l'éconduire poliment.

— Et dire, maugréait-elle quelquefois, qu'il me faudra supporter ce polichinelle argenté toute ma vie... Heureusement qu'il y aura du froid le jour où je lui ferai comprendre que, s'il compte unir son veuvage au mien, il peut attendre longtemps...

Naturellement, Mme Chambaud avait suspendu ses jours de réception, mais elle faisait une réception pour ses intimes. Claudette se gardait bien de paraître au salon. Retirée dans sa petite chambre blanche, sans cesse en lutte avec les chiffres, elle se complaisait dans cette solitude recueillie où chaque bibelot, chaque tableau lui parlait de son père...

Ce jour-là, Mme Chambaud eut la visite de Mme Morange.

— Comment, s'étonna la veuve, vous n'êtes pas

retournée dans votre joli chalet de Puys? Il y avait pourtant encore quelques beaux jours à passer à la mer.

— Ma foi non, Geneviève et moi aurions eu trop froid au cœur en passant devant l'*Ermitage*... Et puis voici que Geneviève fait partie d'une société de jeunes gens et de jeunes filles qui jouent tous les jours du tennis à Neuilly.

— Elle a raison de s'amuser... J'aurais tant voulu que Claudette partageât le goût de Geneviève pour les sports...

— C'est M. Paul qui l'a présentée dans cette société dont elle raffole.

Et Mme Morange pensait : « Attrape, ma bonne! »

— Pas possible? Paul, mon futur gendre? Il a eu raison, ma chère amie... C'est une grande distraction pour votre fille.

— Il était à présumer que ces emballés pour le tennis continueraient leur entraînement à Paris...

Lorsque Mme Morange fut partie, la veuve murmura :

— Sale bête de femme... Etait-elle assez contente de m'annoncer que Paul et Geneviève se revoyaient... Comme si je ne m'en doutais pas!... Oh! ce mariage, il me tourmente et me révolte!... J'ai peur que Claudette n'ait trop à souffrir.

Elle vint trouver Claudette dans sa chambre :

— Alors, chérie, toujours solitaire?... Te cantonneras-tu dans tes quatre murs éternellement?

— J'ai tant besoin de calme.

— Mme Morange sort d'ici... Paul et Geneviève se voient... Ils jouent au tennis tous les jours. Ton fiancé s'est bien gardé d'en parler hier...

— Quel mal y a-t-il? répliqua simplement Claudette.

— Tu ne vois pas de mal, toi? Ta nature franche et droite te rend aveugle... Tu m'affliges, tiens... Moi, ça me bouleverse!

— Je t'en prie, implora Claudette, fais-moi la grâce de ne jamais revenir sur ce sujet. Je suis la fiancée de Paul, je resterai sa fiancée, et je l'épouserai...

Toute nerveuse, elle avait quitté la chambre afin de mettre un terme à cette conversation pénible, laissant sa mère bouillonner, ayant conscience qu'une rupture était impossible avec un créancier aussi tenace que le vieil Henric.

— Pauvre mère, murmurait-elle, elle ne voit pas la situation, elle ne la verra jamais... Ne lui faut-il pas son décorum, la vie large, son train de vie?... Qu'est-ce qui peut lui assurer tout cela?... Ne suis-je pas prête à tout endurer pour elle?... Ah! mon pauvre papa savait bien ce qu'il faisait... Il connaissait la simplicité de sa Claudette, il savait que je tenais de lui, que je m'accommoderais de tout, qu'il vaut mieux une vie modeste près de celui qu'on aime, qu'une vie fastueuse près de celui qu'on supporte. Au fond, il m'approuvait... Mais il m'a montré le chemin du sacrifice...

Soudain, un coup de timbre retentit. Claudette prêta l'oreille. Elle entendit Mariette annoncer à sa maîtresse :

— M. Jacques Dauberval.

La jeune fille eut une commotion.

— Lui?... Puis-je paraître?... Non, c'est impossible? Je désirais tant le voir, et maintenant que je le sens si près de moi, j'ai peur de cette entrevue... Je n'aurais plus le courage de contempler son visage aimable, aimant et triste, ce serait trop pénible...

Mariette venait de l'introduire dans le salon. Il était livide, son visage s'était très émacié, une grande faiblesse l'étourdissait, lui infligeant de forts bourdonnements d'oreille. Il avait un air recueilli comme si on lui avait ouvert la porte d'un somptueux mausolée. Tout de suite le portrait du maître frappa son regard. Que de vie il y avait dans ce visage captivant, ces yeux profonds qui avaient tant vu et tant observé!...

Mme Chambaud le surprit dans sa contemplation :

— Monsieur Jacques!... Je me doutais bien que vous viendriez... Comme vous avez maigri...

— Ma première sortie, chevrota-t-il, pour vous...

— C'est de l'imprudence, asseyez-vous là, près de moi, et laissez-moi vous gronder... Ah! mon pauvre ami, ce que j'en ai passé depuis quelques jours... Je n'ai pas assisté à sa fin... J'étais encore à Paris...

Et alors, avec sa volubilité coutumière, elle lui narra en détails les péripéties du triste événement, l'aide précieuse qu'elle avait trouvé dans leur ami Henric. Elle lui parla des obsèques, cita les morceaux qui avaient été joués par un premier violon des concerts Colonne, de ceux chantés par un ténor de l'Opéra, fit la nomenclature des principaux personnages qui accompagnaient le convoi. Elle parla des soldats, des tambours et des couronnes.

Jacques étourdi par ce verbiage, finissait par écouter sans entendre. Elle parlait trop vite, s'interrompant pour passer sans transition d'un sujet à un autre. Jacques que sa maladie avait habitué à de longues journées de silence, ne pouvait plus la suivre. Enfin elle se calma et lui dit :

— Oh! quand vous serez tout à fait bien portant je vous demanderai un service, un immense service, nous classerons ses papiers. Vous me conseillerez. Il a laissé des mémoires... Avec ça, il faut faire de l'argent... quoique l'argent, vous savez, j'en ai un dégoût, mais un dégoût profond.. Dire qu'on m'a prise pour une femme d'argent... A la fin, cette vie mondaine me fatigue... Je veux me réduire, vivre simplement... Lui parti, je n'ai plus de raison de briller... Les bijoux, les toilettes, tout cela me laisse indifférente...

Elle s'arrêta pour reprendre haleine, les yeux pleins de larmes, puis, soudain, baissant le ton de la voix :

— Et votre ami Derieux, l'avez-vous revu votre ami Derieux? Moi je ne l'ai aperçu que le jour de l'enterrement... Pauvre garçon, il m'a paru bien fatigué... Pourvu qu'il ne couve pas une maladie... N'avez-vous pas la même idée?

Elle vit alors le visage de Jacques s'assombrir.

— Ça ne va pas, monsieur Jacques? fit-elle vivement, une faiblesse?

— Oui, une faiblesse, ce ne sera rien...

— Je vais appeler Claudette... Je veux qu'elle vous voie, qu'elle vous dise combien elle a été touchée du service que vous nous avez rendu en achevant la pièce de Daniel... Je viens justement de recevoir une bonne lettre... Elle va entrer dans quelques jours en répétitions. Le directeur compte sur un gros succès...

Elle se leva.

— Madame, madame, fit-il tremblant, si Mlle Claudette est occupée, ne la dérangez pas...

— Pas du tout; elle sera si heureuse de vous voir...

Mais, au même instant, Mariette ouvrait la porte, annonçant :

— M. Paul Henric.

Et le jeune homme entrait, glacial, plein d'aisance dans sa tenue impeccable.

Il prit la main de Mme Chambaud sur laquelle il s'inclina, eut un salut bref de la tête en se tournant vers Jacques.

— M. Jacques Dauberval, un grand ami dont je vous ai parlé quelquefois, fit la veuve.

Puis à Jacques :

— M. Paul Henric, mon futur gendre.

Jacques eut l'impression d'un coup de poing en pleine poitrine. Il balbutia :

— Madame... excusez-moi de prendre si vite congé de vous.

Elle n'insista pas pour le retenir, ne parla plus d'appeler Claudette.

Quant à Paul, d'une voix sourde, il déclara :

— Que ce ne soit pas ma présence qui rompe l'entretien... Je sais où trouver ma petite sauvage.

Délibérément, il ouvrit une porte du fond comme pour montrer au visiteur qu'il était le maître de la situation, et disparut.

Tandis que Mme Chambaud, peinée pour Jacques, le reconduisait, celui-ci pensait : « Ma mère avait raison... Que suis-je venu faire ici? »

Claudette n'avait attendu qu'un mot de Mme Chambaud pour venir retrouver Jacques au salon. Elle mourait d'envie de le revoir, crispée d'impatience, se raidissant pour ne pas fondre en larmes devant lui, mais le nom de Paul Henric, lancé comme une flèche, lui causa une sensation de glace au cœur. Elle murmura :

— Je ne le reverrai pas... Je ne le reverrai plus...

A ce moment, Paul, trouvant sa porte entrebaillée, frappait et entrait.

Un baise-main, un regard où il y avait de la malice, puis :

— Vous n'allez pas le voir votre Jacques Dauberval avant qu'il ne sorte?... Il en est encore temps...

— Non... Il venait pour parler affaires avec maman.

— Il venait surtout pour vous voir.

Elle le considéra avec surprise, choquée du ton sarcastique.

Lui, négligemment, prit sur un guéridon un petit saxe qu'il examina en le retournant dans tous les sens :

— Ç'a été votre flirt, M. Dauberval?

— Oh! monsieur Paul, murmura-t-elle confuse.

— Quoi?... C'est permis, ces choses-là!... On ne peut pas blaguer sans que vous preniez tout au tragique... Quel air consterné!... Est-ce que vous comptez le revoir après notre mariage?

— Non... Jamais, sans doute.

— Vous avez tort... Il a l'air d'un brave type, pas méchant pour un sou, une bonne pâte, quoi!

Ricanant, comme si la jalousie l'avait pincé au cœur, il la saisit par le bras, la força à s'asseoir près de lui, puis d'un ton doucereux, où l'on sentait une volonté de fer :

— Ma petite Claudette, écoutez-moi bien, vous êtes une bonne petite fille, mais vous avez eu le tort de faire à Geneviève certaines confidences qu'elle m'a répétées.

— Mon Dieu, de quoi s'agit-il? Est-ce si grave?

— Dans la vie, il ne faut avoir confiance qu'en soi. Il faut tout garder... Je ne vous répète pas ce que m'a dit votre amie, c'est inutile.

— Si, je veux le savoir.

— Vous le savez mieux que moi... Si je vous ai demandée en mariage, c'est que vous me plaisiez... Je pense que, si vous avez accepté, c'est que je vous plaisais?...

Il se tut, attendant une réplique courageuse qui eût facilité peut-être la rupture qu'il envisageait déjà.

Devant le muet stoïcisme de Claudette, il reprit :

— Vous n'aviez pas le droit d'exhaler des regrets sous forme de soupirs et de faire comprendre à votre amie que ce mariage n'était pas votre rêve.

— Elle vous a dit ça?

— Et je l'ai cru, car c'était vrai. Il y a longtemps que j'ai deviné... Oh! je vous en prie, pas de larmes... Moi, j'aime les situations nettes, je dis ce que je pense, et c'est fini.... On n'en parle plus... Vous êtes toujours décidée, n'est-ce pas?...

— Mais oui, monsieur Paul, je n'ai pas varié.

Il lui tapota la main :

— Eh bien, oubliez ce que je viens de vous dire, que ce ne soit qu'un léger nuage dans nos fiançailles... Je suis sûr que vous serez pour moi une très gentille petite femme, et que vous obtiendrez de votre mari tout ce que vous désirerez. Je ne puis mieux vous témoigner ma solide affection!

Tout en parlant, il promenait le bout des doigts de Claudette sur ses lèvres, l'observant comme s'il cherchait à sonder ses plus intimes pensées.

Claudette était toute endolorie de ce blâme moitié vinaigre, moitié miel. Elle pensa :

— Que dois-je supporter pour respecter ma promesse, pour éviter le désastre qui menace de s'abattre sur cette maison. Oui, certes, j'ai eu tort!... Mais, trahie par Geneviève, je n'aurais jamais cru cela!... Maman avait vu clair!... Oh! les amies! Celles qui se disent vos meilleures amies!...

***

Jacques descendit l'escalier d'un pas chancelant. Un nuage de sang obscurcissait sa vue.

— Allons, dit-il, il ne faut plus penser à cette passion malheureuse. C'est dans le travail que s'opérera la guérison. Dire que j'ai eu la naïveté de croire cette femme lorsqu'elle me laissait espérer que le mariage pourrait être rompu. Et j'ai marché, imbécile que je suis! J'ai entendu des ricanements, de l'autre côté. Une boutade de ce Paul Henric, sans doute, que Claudette trouvait drôle, et dont je faisais les frais, moi, le pantin, comme dit maman!

Pauvre Jacques, esprit malade et inquiet, qui avait pris des chuchotements de bonnes pour des ricanements!

Bientôt, il montait dans le tram, et se rendait à Neuilly. L'usine où il était ingénieur y était installée. Le directeur lui fit un accueil plus que cordial, affectueux.

— Alors, rétabli? Enfin... Ces vacances se sont tristement achevées, monsieur Dauberval?

Et il parla des agrandissements qu'il projetait, demandant des avis à son jeune collaborateur, lui assurant qu'avant peu il saurait reconnaître, en l'intéressant dans ses affaires, les immenses services qu'il lui avait rendus.

Cet accueil avait fait grand bien à Jacques. Il visita son bureau envahi par les dactylos, eut un mot aimable pour chacune d'elles, voyant avec plaisir, dans ces yeux éveillés et rieurs, combien sa réapparition leur était agréable.

— Alors, monsieur Dauberval, demanda le directeur, quand reprenez-vous vos occupations?

— Le plus tôt possible, demain par exemple.

— Si vous vous sentez d'attaque?

— Bah! Il faut se forcer... Dès demain, vous pouvez compter sur moi...

***

Paul était resté vingt minutes à peine avec sa fiancée. Au moment où Mme Chambaud vint les retrouver, le jeune homme prenait congé de Claudette.

— Vous partez déjà, monsieur Paul? demanda la veuve.

— Un rendez-vous urgent, chère madame.

— Vous n'avez pas oublié que je vous ai invités à dîner ce soir, votre père et vous?

— Ce sont des choses qu'on n'oublie pas, madame... Je tâcherai d'être revenu de bonne heure.

A peine venait-il de sortir que Mariette déposait sur la table de la salle à manger une corbeille contenant une énorme touffe de roses blanches qu'une fleuriste avait apportée.

— Sont-elles belles! murmura Claudette.

— Il y en a pour cher, tu sais, objecta Mme Chambaud.

— Oh! pouvoir fleurir la tombe de mon pauvre papa avec ces belles roses!...

Mme Chambaud passa le bras sous celui de sa fille, l'entraîna dans sa chambre :

— Qu'est-ce qu'il t'a dit, ton cher fiancé?... Tu étais toute pâle, tout à l'heure, quand je suis arrivée.

— Moi?

— Allons, tu peux bien te confier à ta mère... Garde pour toi les amabilités qui ont pu te faire avaler les reproches.

— Des reproches?

— Tu m'amuses toujours avec tes airs étonnés... Vois-tu, Claudette, moi je suis une femme qui écoute aux portes... C'est mal ce que je dis là, mais j'ai le courage d'avouer mes travers... Tout à l'heure, Paul t'a fait une petite remontrance... Elle m'a été très sensible...

— Il a eu raison... Il m'a blâmé d'un excès de franchise... Il en est d'autres que lui qui, prévenus par une amie jalouse, auraient rompu froidement.

Mme Chambaud eut un piétinement de colère :

— Allons, bon, voilà que j'ai une fille qui n'a plus d'amour-propre... Ah! moi, un fiancé m'aurait parlé sur ce ton, qu'il aurait reçu son congé séance tenante.

— Je ne peux pas... je n'en ai pas le droit... Il y a le serment, il y a l'avenir...

— Oh! que cette contrainte m'énerve... On dirait vraiment que nous sommes à la merci de M. Henric et de son fils... Mais c'est le carcan, les entraves.

— Oui.

— Et moi je dis non... Au surplus, en voilà assez; ne discutons pas... Il faut que ça cesse...

— Mère, mère, ne va pas t'aviser de tout brouiller...

— Je ferai ce que bon me semble... Je n'ai pas d'ordre à recevoir de ma fille... L'épouse d'un homme comme Daniel, près duquel Henric et son fils étaient des pygmées, ne veut pas supporter d'affront... Assez de ces calculateurs!...

— Avec lesquels nous avons à compter, ma pauvre maman...

A présent, la belle Renée, pourpre de colère, allait d'une pièce à l'autre en faisant claquer les portes. Elle, habituée aux hommages, aux courbettes, n'entendant que « cher maître » par-ci, « cher maître » par-là, s'irritait à l'idée que, pour une maudite question d'argent, deux hommes s'étaient incrustés chez elle comme pour lui faire sentir qu'elle n'était plus libre de ses actes. Sans penser aux derniers services rendus par Henric, elle s'exagérait l'attitude du financier :

— Oh! pouvoir lui rendre ce que mon mari lui devait et le jeter à la porte, grommelait-elle, quel soulagement! Mais quoi, tirer une pareille somme de ce que nous avons, ce n'est même pas la peine d'y songer... *L'Ermitage* ne ferait pas seulement cent mille francs... Et le bonheur de Claudette?... Je le mets au-dessus de tout!... Oh! je sais bien qu'elle sera comblée... Mais, à côté de la vie facile, à côté d'une rivière de diamants comme cadeau, que de rivières de larmes!...

XXII

Il était six heures et demie lorsque M. Henric se présenta. Il se dirigea tout droit vers le cabinet du maître avec la désinvolture d'un chef de maison, s'asseyant devant le bureau comme s'il était déjà le mari de la veuve.

— M. Henric est là, glissa Mariette à l'oreille de Mme Chambaud en montrant la porte.

— De quel droit entre-t-il ici comme chez lui? C'est raide.

—Elle vint rejoindre cet homme détesté en montrant une figure maussade.

D'un ton très naturel et en se dressant :

— Bonjour, chère amie, fit-il. Qu'est-ce qu'il y a de cassé?... Avez-vous reçu des lettres ennuyeuses?... Je vois ça sur votre figure, quand tout ne va pas à votre gré.

— Non, non, j'ai un fort mal de tête.

— Il faut prendre un cachet...

Tout de suite, il passa aux choses sérieuses.

— Je suis allé chez le notaire... Je ne me suis occupé que de vos affaires aujourd'hui... Tout va bien... A propos, il faut que je vous fasse rire... Votre grand ami Marius est passé à l'étude demander si le testament ne contenait pas quelque disposition codicillaire le concernant... Il prétend que son ami avait promis de lui laisser une petite rente.

— Imbécile... Ah! il peut revenir, celui-là, ce tartufe, ce pique-assiette!

Henric sortit de sa poche une liasse de papiers :

— Voici la note réglée des obsèques... Voyez, je l'ai fait faire à votre nom.

— Je vous remercie.

— Maintenant, voici toutes les factures que j'ai soldées... Vous n'en voyez pas d'autres?...

— Pas pour l'instant.

— Eh bien, rangez précieusement tout cela dans vos archives... Pour la maison, vous avez ce qu'il vous faut?

— Oui, nous vivons sur la somme que vous m'avez prêtée à Dieppe.

— C'est parfait...

— Enfin, vous constatez que tout s'éclaircit, que vous auriez tort d'avoir des inquiétudes pour l'avenir... Je serais d'avis, malgré votre grand deuil, que le mariage de nos jeunes gens se fasse dans le plus bref délai possible... La plus stricte intimité, bien entendu...

— Oh! monsieur Henric, nous parlerons de cela un peu plus tard.

— Mais pas du tout, pas du tout... J'aime les situations nettes... Il faut en parler. C'est très important...

Mme Chambaud crut voir dans ces paroles une nouvelle menace.

Justement Paul entrait, se dépouillant de ses gros gants de daim.

— Ah! voici Paul, fit Henric, tu tombes comme mars en carême... Nous parlions de toi... Je disais à Mme Chambaud qu'il fallait fixer, pour le mariage, une date très prochaine.

— Mais enfin, monsieur Henric, protesta la veuve, laissez-nous nous ressaisir, Claudette et moi... Daniel est à peine dans la tombe que...

— Madame, interrompit Henric, ne vous alarmez pas... Ce deuil est cruel pour vous deux, j'en conviens, mais pourquoi retarder exagérément la période de bonheur qui va s'ouvrir pour nos enfants? En l'occurence, il est d'usage d'abréger une attente toujours pénible... D'ailleurs, nous pourrions en parler devant les intéressés.

Il appuya sur un bouton électrique. Mariette parut.

— Dites à Claudette que son futur beau-père voudrait bien la voir...

Les libertés que prenait cet homme calme et positif exaspéraient Mme Chambaud. Devinait-il ses intentions de temporiser pour amener une rupture?

En réalité, le financier redoutait l'influence de Geneviève qui accaparait son fils comme pour le disputer à Claudette. Autre éventualité : si ce mariage ne se faisait pas, c'était la fin du secret espoir qu'il nourrissait d'épouser celle que les embarras d'argent ne pouvaient manquer un jour de pousser dans ses bras.

Claudette venait d'entrer.

Henric se leva, l'embrassa, et la pria de s'asseoir près de lui. Alors, croisant les jambes, le corps renversé, les deux pouces aux échancrures du gilet, Henric prit la parole :

— Ma chère enfant, mon fils et moi sommes d'avis de hâter le mariage...

Claudette pâlit :

— Si vous voulez, fit-elle avec une froide résignation...

Mme Chambaud commençait à s'agiter.

— Si vous voulez, si vous voulez, éclata-t-elle, ce n'est pas une réponse, on dit oui ou non franchement, nettement.

— Comment oui ou non? rétorqua Henric, tandis que le visage de son fils se plissait d'un sourire indéfinissable. Vraiment, chère amie, on croirait que nous n'en sommes qu'à la demande en mariage... Vous oubliez qu'il s'est écoulé du temps depuis lors!

— Qu'importe le temps écoulé!

Et, tournée vers Claudette, Mme Chambaud reprit :

— Ma chère petite, je juge inadmissible qu'on t'ai forcé la main. Oui, monsieur Henric... Votre marchandage, je le connais... J'ai entendu la conversation que vous avez eue un soir avec Daniel mourant, qui avait une fois de plus recours à votre générosité... Je vous ai trouvé si cruel pour le pauvre homme que toutes vos largesses ne me feront pas oublier votre lâcheté. En échange de sa dette, vous lui demandiez ma fille... C'était une satisfaction d'amour-propre. Ce nom connu de mon mari allié à votre nom obscur... Vraiment, vous aviez bien tort... Cela ne valait pas trois cent mille francs!... Quant à toi, Claudette, je m'opposerais de toute la force de ma conscience à ce que tu deviennes victime d'une union conclue dans des conditions honteuses... Ton père n'est plus là, j'ai bien le droit de parler et de crier ma révolte... Si ce mariage ne te plaît pas, rien ne t'oblige à le faire... Je te délie de ton serment... Ton père était plus préoccupé de ma situation future que de ton bonheur... Va, ne crains rien pour moi, je ne manquerai jamais de pain... On ne s'enchaîne pas, contre son gré, à un homme qui vous est indifférent... Certes, tu ne manqueras de rien, tu auras des plaisirs, des distractions, du bien-être, de la toilette... Tout cela est peu de chose s'il n'y a pas l'affection... Que de femmes ont reconnu trop tard leur erreur... Claudette, crois-moi, j'en parle par expérience.

— Mère, mère, reprocha Claudette, n'aurais-tu pas eu pour mon père l'affection qu'il méritait?

— Si, ma chérie, j'ai eu pour lui une forte affection, mais j'ai le regret d'avouer que ce n'était pas ce que j'aurais désiré... Estime, respect, admiration, cela est encore loin de l'amour, cet amour prodigué mutuellement, follement, avec sa fougue, ses ivresses, son délire qui donnent une saveur exquise à l'existence... Folle que j'étais en ne résistant pas au mariage anormal que m'imposaient des parents orgueilleux et obstinés!... Oui, j'ai trouvé dans le mariage la vie large, tous les plaisirs mondains, l'honneur de porter un nom illustre, j'ai connu toutes les satisfactions d'amour-propre qu'une femme puisse rêver, mais j'ai compris que tout cela était insuffisant et que m'allier à un homme obscur, n'ayant pas vingt-cinq ans de plus que moi eût été préférable... Eh bien, il ne sera pas dit que j'aurai été la complice de ton père dans ce mariage qui m'indigne.

— Mère!...

— Je sais ce que tu penses, je sais à quel homme vont toujours tes plus intimes pensées. La vie est trop courte pour se faire esclave; sois une femme libre, dispose de ton cœur comme tu l'entends, et tu n'auras rien à regretter!...

Tout le temps qu'avait duré ce dialogue, Henric, gardant une froide impassibilité, s'efforçant de ne rien trahir de son dépit, tambourina le bureau avec un coupe-papier en ivoire...

Il y eut un court silence, puis Paul se leva :

— Eh bien mais, fit-il avec son flegme habituel, voici une conférence qui était intéressante à entendre... Mme Chambaud a raison... Elle vient de nous signifier notre congé... Tu viens, papa?

Claudette allait se précipiter vers Paul. Sa mère étendit le bras pour lui barrer le chemin.

Henric se dressa à son tour. Il tremblait de rage :

— Je vous remercie, madame, grommela-t-il, je ne m'attendais pas à ce remerciement... Je vois décidément que vous êtes brouillée avec la reconnaissance...

— Oh! ricana-t-elle, si c'est une allusion à ce que vous avez fait pour mon mari, vous lui deviez bien ce dernier hommage...

Paul allait sortir. Il se ravisa et, s'approchant de Claudette, il lui prit la main, la porta à ses lèvres...

— Monsieur Paul, monsieur Paul, murmura-t-elle, suppliante, maman est nerveuse, il faut lui pardonner... Pardon, monsieur Paul...

Il la considéra avec un sourire apitoyé :

— Bah! Nous n'en mourrons ni l'un ni l'autre, je le suppose.

Et s'inclinant respectueusement devant Mme Chambaud, il rejoignit, dans le vestibule, son père, fulgurant, qui s'était dispensé de toute salutation...

Lorsqu'elle entendit la porte se refermer derrière ces messieurs, Claudette se jeta dans les bras de sa mère :

— Maman, qu'as-tu fait?

— J'ai fait ce que l'indignation et le devoir me dictaient, tout simplement... Ai-je eu tort? Avoue que tu ne l'aimais pas, ce Paul!

— Son père va se venger sur nous de cet affront.

— Ah! lança-t-elle dans un éclat de rire rauque, voilà une chose dont je me fiche, par exemple... Tu ne me connais pas... Je suis prête à braver toutes les menaces de ce grotesque dont nous voilà débarrassées enfin... Ouf! quel soulagement!... On va pouvoir respirer ici... Ça fait du bien... Ah! ne plus être à la merci d'un homme de banque, quel soulagement!

Elle l'avait attirée sur le canapé et tout en la câlinant :

— Voyons, chérie, n'ai-je pas eu raison?... Je te délivre d'un cauchemar qui te rendait malheureuse... Tu pourras l'épouser, maintenant, celui que tu désirais tant...

— Jacques?... Jamais!

— Et pourquoi?

— Parce que je lui crois le cœur trop haut placé pour me demander en mariage après ce qui s'est passé...

— Va, quand on aime!... Et puis est-ce ta faute?

— Non, puisque les circonstances m'empêchent d'épouser l'homme que mon père m'avait choisi, puisque me voici, malgré moi, obligée de renoncer à ma promesse, je ne me marierai pas...

Mme Chambaud eut un sourire narquois :

— Alors tu te feras religieuse?

Les yeux profondément tristes de Claudette regardèrent ceux de sa mère avec un air de reproche à tirer les larmes :

— Me cloîtrer, moi? Non, mère, c'est là un renoncement que je laisse à celles qui n'ont pas charge d'âme. C'est très beau... Moi je travaillerai. Il y a des milliers et des milliers de femmes qui, chaque matin, quelque temps qu'il fasse, se dirigent vers un bureau, ou un atelier, s'installent devant le clavier d'une machine à écrire, derrière un guichet, ou devant une table de couture. Toute la journée, ces vaillantes s'astreignent à un travail fastidieux pour vivre et faire vivre les leurs. Elles sortent le soir la tête bourrée de chiffres ou les oreilles bourdonnantes de ce petit bruit sec, irritant, auxquelles elles ont dû s'habituer de bon gré comme un rhumatisant doit s'habituer à ses douleurs. Pour celles-là, on ne dit jamais : « C'est très beau. » On trouve leur long labeur quotidien très naturel. Jamais d'apitoiement pour leurs migraines; on blâmerait plutôt celles qui font un peu de toilette : leur seule joie! Eh bien! j'irai augmenter le nombre de ces travailleuses...

— Toi, Claudette Chambaud? Jamais!

— Oui, moi, Claudette Chambaud, fille d'écrivain connu... Tous les matins, qu'il fasse beau, qu'il vente ou qu'il neige, j'irai m'enfermer dans un bureau. Qu'importe s'il est insalubre, obscur, et si j'ai toute la journée sur les yeux la lueur artificielle d'une ampoule électrique. On prend ce qu'on trouve, tu entends, mère!

— Ah! non, mille fois non, je ne t'ai pas arrachée à une situation de tout repos pour t'infliger un métier pénible.

— Il le faut pourtant... Nous avons de grosses charges. Quand la somme prêtée par M. Henric sera épuisée, il faudra vivre... Les droits d'auteur de mon père ne seront jamais suffisants... D'ailleurs, je ne sais même pas pourquoi j'en parle de ces droits d'auteur. Ils ne nous appartiennent plus!

— Vraiment?

— Demain, ils seront frappés d'opposition! Demain, M. Henric sera chez le notaire avec sa reconnaissance des trois cent mille francs signée de papa... Rien ne nous appartient plus ici... Voilà ce qui troublait tant les derniers jours de l'homme que je pleure de toutes mes larmes, voilà pourquoi il avait accepté une offre qui n'était pas un marché honteux... Oh! mère, comme ce mot m'a fait de la peine!... Quel outrage infligé à sa mémoire!... Comme tu as dénaturé son excès de prévoyance!...

— Tu crois, Claudette, que cet Henric, immensément riche, puisse en arriver à nous dépouiller de tout?...

— Oui, c'est un de ces hommes qui ne pardonnent pas... *L'Ermitage* sera vendu... Ce que nous avons accumulé de joli, de précieux dans cet appartement ira à l'hôtel des ventes où je suis entrée une fois pour en sortir avec des nausées... Ces chers meubles, ces chers souvenirs seront livrés aux enchères publiques, à cette bande noire qui veut tout pour rien.

— Et au bénéfice de cet Henric?... J'aimerais mieux le tuer...

— Allons, mère, n'exagère pas... Ce que, dans tes nobles indignations, tu as voulu en tuer des gens, qui sont toujours bien portants!... Mais, crois-moi, Henric est un homme exaspéré, la fureur et la jalousie l'aveuglent, il nous fera tout le mal possible...

— Oh! mais ce qu'on ne me prendra pas, ce sont mes bijoux... Ceux-là, Henric et les hommes de proie peuvent se fouiller... Dès demain, j'irai les porter à Mme Dauberval... Elle me les conservera... C'est une bonne et digne femme... Je peux avoir confiance...

— *Vous n'allez pas voir votre Jacques* (p. 30).

Les affligeants pressentiments de Claudette venaient de l'abattre. Dans son ignorance des affaires, elle croyait les droits d'auteur de Daniel insaisissables.

— Alors cette pièce qui va se jouer au Vaudeville, sur laquelle je compte tant?

— Tu ne toucheras rien. Et il en sera ainsi tant que notre créancier ne sera pas intégralement remboursé.

Mme Chambaud, effondrée sur le canapé, gémit :

— Mais alors c'est affreux!... Que faire, que faire?

Elle pensait plus que jamais à Derieux, se disant :

— Qu'importe, il faut que je le revoie, que je lui confie mes intérêts. Il est avocat. Lui saura me faire rendre justice. On ne dépouille pas ainsi deux pauvres femmes sans protection...

Elle éclata en sanglots :

— Oh! Claudette, comme ton père m'a rendu un mauvais service en me cachant la vérité... Il me gâtait trop, vois-tu, j'ai abusé...

Claudette étreignit sa mère, douloureusement, tendrement. Avec d'apaisantes caresses :

— Non, petite mère, il ne t'a ni trop gâtée, ni trop choyée... D'ailleurs, tu le méritais... Tu as toujours été si bonne... Et puis ta beauté, ta grâce, tout le charme qui émane de ta personne valaient bien qu'il tentât l'impossible pour obtenir le pardon de cette différence d'âge qui fut le point noir de votre union... Mon père a eu raison, il n'a fait que son devoir... Tu l'aimais avec des restrictions, lui n'a jamais cessé de t'aimer avec tout son cœur...

XXIII

En sortant de chez Mme Chambaud, Henric et son fils, arrêtant un taxi, s'étaient fait ramener chez eux, avenue de Villiers.

— Eh bien, papa, ricana Paul, qu'est-ce que tu en penses de cette sortie?

— Je pense que je n'ai plus de ménagements à prendre.

— Bah!... C'est une folle... Sa folie la poussera un jour dans les bras de Derieux... Après avoir eu un mari ayant vingt-cinq ans de plus qu'elle, elle cherchera une compensation dans un ami ayant quinze ans de moins... Elle l'adorera jusqu'au jour où Derieux comprendra qu'il ne peut gâcher indéfiniment sa vie... Ce sera ta vengeance!

— Ma vengeance, je la tiens déjà... Et je vais l'exercer sans pitié.

— Oh! laisse donc cette agitée tranquille... Elle est plus à plaindre qu'à blâmer... Quant à Claudette, son sort m'afflige.

— C'est vexant, ce mariage annoncé à tous nos amis, rompu par un caprice inexplicable d'une névrosée.

— Si tu savais comme ça m'arrange... J'avais compris depuis longtemps que ça ne marcherait jamais bien... Je te l'avais dit...

— Tu ne vois que toi, dans l'affaire...

— Tu avais donc encore des illusions, à ton âge?

— Ah! laisse-moi tranquille!

— Ne prends pas cet air larmoyant de vieux Lovelace désabusé, ça ne te va pas... Tiens, je te ferai épouser Mme Morange.

— Je t'en prie, Paul, fiche-moi la paix.

— Puisque j'épouse Geneviève!... En voilà une qui ne s'attend pas à la demande que je vais lui faire demain, au tennis...

— Une demande en mariage, en jouant au tennis... Quel laisser aller!... Et l'étiquette?

— Il y a longtemps qu'entre nous deux l'étiquette a été piétinée... C'est une gosse charmante, pleine d'entrain, qui fera une parfaite Mme Paul Henric. Je suis très reconnaissant à ces dames Chambaud de m'avoir fait faire la connaissance de leur petite amie.

Henric râla en secouant le poing :

— Oh! l'imbécile de femme qui fait le jeu de cette petite intrigante.

L'auto stoppa devant l'hôtel de l'avenue de Villiers. François, le domestique, vint au devant de son maître :

— Dites à la cuisinière que nous rentrons, dit Henric, qu'elle nous fasse un repas léger.

François s'inclina et s'éclipsa.

— Tu viens, Paul? demanda le financier en se dirigeant vers son cabinet.

Paul sortit une cigarette, la secoua sur sa main, puis suivant son père :

— ... Voilà!

M. Henric vint s'effondrer devant son magnifique bureau Empire.

— Tu avais raison, Paul, elle m'a bien roulé... Elle a attendu que j'aie payé toutes ses dettes pour nous balancer.

Paul se mit à rire :

— C'est amusant, très amusant... du bon vaudeville.

— C'est surtout très mufle!

D'un geste nerveux, il ouvrit son tiroir, en tira des papiers et amenant la reconnaissance signée de Daniel :

— Oui, mais il y a ce papier... Il est terrible, ce papier enregistré qui sera déposé demain chez le notaire.

Henric avait un sourire satanique en agitant la feuille.

— Allons donc, tu ne le feras pas, dit négligemment Paul en allumant sa cigarette, des exécutions de prêteur à la petite semaine, ce serait mesquin de ta part!

— Hein?... Tu ne me connais pas encore... On dirait vraiment qu'il s'agit d'une petite somme... Tu en as de superbes!

— Il ne fallait pas prêter, mon vieux papa, tu prêtais sans la moindre idée de rendre service, mais par calcul, c'est bien fait pour toi... Qu'un brave garçon, vaillant, zélé, honnête, vienne faire appel à ta bourse pour lancer une invention digne d'intérêt, tu ne prêteras pas un fifrelin... Pour prêter, toi, il te faut, en échange, des bénéfices immédiats, pas de risques. Dis-toi donc qu'en prêtant à Chambaud, tu mettais trois cent mille francs sur un cheval, et que le cheval s'est dérobé, n'y pense plus...

— On voit bien que tu n'as pas eu la peine de les gagner ces trois cent mille balles?

— Oh! laisse-moi rire... Tu en as assez gagné pendant la guerre en commandant des usines... La galette rentrait plus facilement dans ta caisse qu'elle rentrera maintenant dans celle de Mme Chambaud.

— Mon cher ami, tu as tort de parler négligemment de la très belle situation que je te laisserai un jour. Tu es le dernier qui devrais faire de l'ironie avec cette fortune... Tu ne dois pas oublier que je t'ai épargné de rudes tracas en remuant ciel et terre pour te faire nommer administrateur colonial... Depuis longtemps, je la flairais cette guerre... Nous, gens de finances, étions très renseignés là-dessus... Or, je n'ai pas si mal manœuvré puisque j'ai réussi à garder mon fils et à doubler ma mise...

— Mais, tu es drôle, tu vois de la raillerie où il y a de la sagesse... Puisque cet argent doit m'appartenir un jour, je consens à faire à Mme Chambaud et à Claudette remise intégrale de leur dette.

— Oui, mais cet argent ne t'appartient pas encore et j'ai le droit de faire combler un pareil trou... D'ailleurs il y a de quoi, *L'Ermitage* vaut quelque chose. C'est magnifiquement meublé, les tableaux et les objets d'art y abondent. Il en est de même pour l'appartement de Paris... Tu hausses les épaules... Ça t'agace!... Eh bien! moi je te déclare que l'affront qui nous a été fait ne restera pas impuni...

François entrait.

Paul se leva, mit la main sur l'épaule de son père :

— Allons, lâche-moi d'un cran avec tes calculs et viens dîner.

— Cinq minutes, s'il te plaît, le temps de rédiger un pneu.

Il traça d'une main nerveuse :

« Madame,

« J'ai le regret de vous informer que, dès demain, je prendrai des dispositions rigoureuses au sujet de la créance de votre mari.

« Recevez, etc. »

— C'est net et bref, ricana-t-il en passant le tampon buvard sur la petite feuille bleue, pointillée... François, vite au bureau de poste...

Sa figure d'apoplectique s'élargissait d'un sourire rageur. En opérant de la sorte, il comptait bien voir revenir Mme Chambaud, confuse, repentante, des paroles de regret à la bouche. Et ce serait à lui de jouir du désarroi, de la mine consternée, des airs accablés de cette femme qui avait voulu le défier.

— Tout est permis à ceux qui paient, grommela-t-il entre les dents, les autres on les brise.

Comme il ne se décidait pas à venir, il sentit de nouveau la main énorme de Paul sur son épaule :

— Eh bien! voyons, à quelle heure allons-nous dîner?

Henric se leva, tourna le dos à son bureau. Paul en profita alors pour subtiliser la terrible feuille et la tint derrière lui jusqu'au moment où l'ombre propice lui permit de la glisser dans sa poche...

Les deux hommes ne s'attardèrent pas longtemps à table. Lorsqu'il eut absorbé son café d'un trait, Paul demanda :

— Tu ne vas pas à ton cercle?

— Non, ça ne me dit rien ce soir.

— Va donc à ton cercle, ça te fera passer un moment, ça te calmera... C'est un dérivatif...

Il subit l'influence de Paul et se décida.

— Dans l'état où il est, se disait le jeune homme, il ne faut pas qu'il constate ce soir la disparition du papier.

— Et toi, où vas-tu? demanda Henric.

— Moi, je vais flâner sur les boulevards, j'aime cette ambiance...

Comme ils allaient sortir, le financier se ravisa :

— J'oubliais de fermer mon cabinet...

— Eh bien! je te laisse, au revoir...

Et Paul s'empressa de disparaître...

De son pas de géant, il gagna la gare Saint-Lazare, entra au terminus, demanda un bock et de quoi écrire, puis il aligna les mots suivants :

« Chère Claudette,

« Puisque nous reprenons notre liberté, permettez-moi de vous souhaiter, dans un mariage plus conforme à vos désirs, tout le bonheur que vous méritez. En même temps, je tiens à vous libérer d'une grosse inquiétude. Si vous avez pensé un moment que cette rupture allait être une cause de graves préoccupations pour madame votre mère, ces mots accompagnés de l'acte ci-joint, qui vous donne quittance de la dette contractée par le maître, vous prouveront que ma conscience n'a jamais admis un consentement arraché dans les conditions que vous savez. Je vous baise respectueusement la main.

« PAUL. »

Il glissa lettre et reconnaissance sous enveloppe, lampa sa consommation et sortit.

Il arriva devant la maison de son ex-fiancée au moment où neuf heures sonnaient. La concierge s'était attardée un moment à la porte ;

— Voici un pli que je vous recommande, lui dit-il, s'il pouvait être remis ce soir, cela me ferait plaisir...

XXIV

Mme Chambaud contemplait les meubles et les objets d'art qu'il lui faudrait se résigner à voir partir, qui n'étaient déjà plus à elle. Elle eut un frémissement à l'idée que le vieil Henric lui arracherait sauvagement ces souvenirs... Puis elle se souvint qu'elle n'avait pas dépouillé son courrier... Elle jeta les yeux sur trois courtes lettres contenant des témoignages de condoléances d'admiratrices inconnues. Enfin, dépouillant la quatrième, elle lut :

« Chère Claudette, puisque nous reprenons chacun notre liberté, permettez-moi de vous souhaiter dans un mariage plus conforme à vos désirs... »

Elle s'interrompit :

— Tiens, c'est de Paul... Il fait de l'ironie!... Qu'importe!

Mais, lorsqu'elle en arriva au passage où il était question du renvoi de la reconnaissance, elle eut un long cri de stupeur et de joie.

A ce moment le précieux papier glissa de la lettre, elle le ramassa, l'examina, le serra contre sa poitrine. Son cœur avait de violents sursauts.

— Alors vrai, je ne rêve pas... Voici le remerciement de Paul à ma scène d'hier... Oh! le brave cœur! S'il était là comme je l'embrasserais... Mais c'est inexplicable!... Et le pneu menaçant du père!... Une lutte violente a dû se passer entre les deux hommes!... Paul a triomphé!... Il y a donc une âme capable de sensibilité sous cette rude écorce?...

A ce moment, Claudette entrait. Mme Chambaud, dont le visage rayonnait de joie, cacha vivement la lettre derrière elle :

— Eh bien, ma Claudinette, d'où viens-tu?

— C'est fait, à partir de demain à la besogne! Un bureau dont on m'avait parlé m'a envoyé chez des industriels, Lamarche frères, moteurs électriques, qui m'ont fort bien accueillie... J'entre demain matin, comme sténo-dactylo, dans les bureaux de ces messieurs... Je suis très satisfaite. Je ne pensais pas trouver si vite...

— Oh! cette hâte à vouloir te placer quand même. Il y a quelques jours, on enterrait ton père en grande pompe. Tous les journaux publiaient son portrait. Qu'est-ce qu'ont dû penser ces industriels?

— Ils ont pensé ce qu'ils ont voulu. L'orgueil et moi ne sommes jamais passés par la même porte. Il y a des gens qui meurent de faim par orgueil! C'est bien bête!

— Ces industriels en seront quittes pour chercher une sténo-dactylo ailleurs. Lis cette bonne lettre.

Elle avait mis les pattes de mouches de Paul sous les yeux de sa fille, tout en observant ses traits d'un œil attentif. Elle vit une émotion bienfaisante détendre ce joli visage, des larmes remplir les grands yeux noirs.

— Es-tu contente, dis, ma chérie? Es-tu contente?

Elle la prit dans ses bras, la berça câlinement.

— Alors, te voilà rassurée... Tu vois que ce garçon sec et froid avait du bon. Nous sommes sauvées.

Claudette murmura, oppressée :

— Je n'oublierai jamais... je n'oublierai jamais... C'est trop beau!

— Eh bien! tout s'arrange. Tu vas écrire à ces

messieurs les industriels que tu renonces à l'emploi. Non, je ne vois pas Claudette Chambaud partant chaque matin avec sa tranche de viande froide, son pain et sa petite bouteille enveloppés dans son réticule.

La jeune fille eut un sourire résigné, et, les mains allongées sur les joues de sa grande frivole :

— Pauvre mère, ce que tu viens de recevoir c'est la tranquillité momentanée... C'est plusieurs mois de répit... C'est la joie de pouvoir vivre encore quelque temps dans ce décor de souvenirs. Et puis, après?

— Après, après?... Ne songe donc qu'au présent; tout s'arrange dans la vie!

— Oui, tout s'arrange, à condition qu'on ne compte que sur soi-même et non sur les improbabilités. Sois gentille, ne résiste pas à ta Claudette si soucieuse du lendemain. Ce que je rapporterai, ajouté aux droits d'auteur de papa, à la location de l'*Ermitage*, nous permettra peut-être de conserver un intérieur que nous aimons, tout empli encore de la voix de l'absent. Garde ton sang, chère mère, et laisse à ta petite la joie de te voir toujours bien parée et heureuse... Papa m'a laissé le soin de veiller sur ta tranquillité et sur ton bonheur, j'obéis.

***

A la même heure, chez les Henric, éclatait la petite scène suivante :

— La reconnaissance, tu me l'as volée! Et qu'en as-tu fait?

La colère du père se brisait contre l'intraitable flegme du fils.

— Une quantité de petits morceaux, imagina Paul, auquel j'ai mis le feu en allumant une cigarette.

Le financier brandit ses énormes poings, et d'une voix étranglée :

— Tiens, tu mériterais, tu mériterais...

— Boxer avec mon père, non... Cogne si cela peut te soulager. J'encaisserai sans murmure. Mme Chambaud a favorisé une rupture que je désirais. Cela mérite un beau cadeau. J'épouse Geneviève. Sa dot représente à peu près la créance Chambaud. Tout se retrouve.

Henric était désarmé par ce sang-froid où entrajent calcul et cynisme.

— Dire que je n'aurai pas ma vengeance! gémit-il.

— Bah! Tu resteras veuf, ça te fera faire des économies. Veux-tu que je te paye le théâtre ce soir?

— Fiche-moi la paix avec ton théâtre!

— Une loge au Français... Nous deux, puis Geneviève et sa mère.

— Non.

— Ne fais pas le méchant. Cette rage parce que tu n'as pas pu jouer les jeunes premiers! Laisse-la donc se brûler les ailes à l'incandescence du jeune Derieux. Trop de tempérament pour toi... Sapristi, il se fait tard, je file.

Il lui tendit la main.

— Ami?

— Non, je t'en veux! Tu es le dernier des imbéciles.

— Merci.

XXV

Ce matin-là, Mme Chambaud avait vu partir Claudette de bonne heure, aussi modeste dans sa robe noire que la plus modeste travailleuse.

— Oh! celle-là, lorsqu'elle a une idée dans la tête, c'est comme son père, rien ne l'en ferait démordre. Dire que tous les jours ce sera la même chose. Elle me laissera seule, livrée à mes pensées, alors qu'il me faudrait de la distraction. Et puis, le soir, elle rentrera fatiguée, la tête lourde, pressée de dîner et de se coucher, n'ayant à me raconter que des histoires de bureau, sans intérêt. Non, non, ça ne peut durer. Je veux que ma fille reste libre et indépendante. Je vais tout vendre. Je ferai comme Mme Dauberval, je n'aurai qu'une femme de ménage. Je ne veux pas que Claudette se tue pour payer un loyer qui nous écrase. Toilettes, bijoux, jour de réception, voilà des choses dont je me fiche, par exemple!

La femme de chambre entra, déposa trois lettres plus deux catalogues de grands magasins sur la table, près de la tasse de chocolat.

— Le courrier diminue, dit-elle.

— Oui, en effet, Mariette. Je n'en suis pas fâchée. Quel travail que de lire cette prose!

Tout de suite, Mme Chambaud feuilleta les catalogues. Les toilettes qui se porteraient cet hiver l'intéressaient ben davantage que les lettres.

Elle examinait attentivement chaque dessin :

— Tenez, voilà ce que je voudrais me faire faire? N'est-ce pas, c'est gracieux, distingué? Tenez, cette jupe unie, jaquette coupée au-dessus de la taille avec basque foncée.

— Oui, mais, madame est en grand deuil.

— Ah! c'est vrai, c'est vrai...

Et elle tourna les pages nerveusement, confuse d'avoir été rappelée à la réalité :

— Je vous dis, Mariette, voilà ce que je voudrais me faire faire, je ne vous dis pas : voilà ce que je vais me faire faire, ponctua-t-elle.

— Oh! mais, j'ai bien compris, madame.

Déjà elle s'intéressait aux occasions.

— Pas mal ce coussin pouf satin, médaillon broderie main, intérieur kapok. J'irai voir ça. Et ce linge à thé, jours à l'aiguille, broderie à la main sur toile blanche pur fil, c'est pour rien. Quand j'offre le thé, je suis honteuse. Serviettes et nappes ne tiennent plus. Ça c'est utile! Tiens, voilà qu'ils vendent plus que jamais des antiquités dans les grands magasins... Un jour que j'aurai le temps... En ce moment, je ne sais où donner de la tête... Dire qu'il y a des femmes qui n'ont qu'à se promener en auto!

Mariette sortit. Mme Chambaud prit connaissance des trois lettres. La première d'un éditeur présentant un solde débiteur de quinze cents francs. Les acomptes prélevés par Daniel Chambaud dépassaient ce qui lui était dû.

Tout de suite, Renée, pour laquelle solde débiteur ou solde créditeur étaient de l'hébreu, s'imagina que c'était une aubaine :

— Quinze cents francs à toucher... Tant mieux. J'y passerai au plus tôt.

La seconde lettre était du directeur du Vaudeville qui lui demandait de venir le voir d'urgence pour quelques coupures indispensables. Enfin, elle prit connaissance de la troisième, signée Derieux. Une petite émotion, puis elle lut :

« Chère madame,

« Est-ce me montrer irrespectueux et troubler le recueillement de votre deuil que de demander de vous revoir quelques instants? Accordez-moi, je vous prie, cette courte entrevue. Je garderai toute la correction qu'un galant homme doit savoir observer dans une telle circonstance. Je me doute que vous êtes très accaparée, mais il y a des choses qu'une femme ne peut refuser à un homme malheureux. »

Elle relut ces mots, se sentant toute troublée d'avoir déchaîné une passion si tenace.

— Pauvre petit, fit-elle, dire que je me suis engagée à ne jamais lui répondre, que sa prière n'aura pas d'écho!

XXVI

Et les jours passèrent de plus en plus moroses pour Renée. Chaque matin elle s'énervait de voir partir Claudette à heure fixe. Jamais ce grand vide autour d'elle qui menaçait de se prolonger ne l'avait rendue plus irritable.

Claudette rentrait vers sept heures et demie, lui demandait l'emploi de son temps.

— Toujours la même chose, un petit tour pour me dégourdir... Si tu crois que c'est amusant d'être seule, toujours seule.

Un soir, elle se montra plus nerveuse que d'habitude :

— Toi, au moins, tu vois du monde dans ton bureau, tu causes avec l'un, avec l'autre. Pour moi, c'est fini, je suis abandonnée... Plus d'amies. On a dû papoter sur notre situation embarrassée. On craint que les difficultés ne surgissent, on redoute les emprunts... Ah! le monde! Tiens, je ne vois même plus Mme Morange qui, pour un oui pour un non, montait s'installer ici, cherchant à tout savoir sans rien dire de ses affaires.

— Tu ne la verras plus, répondit Claudette avec un sourire. Elle marie sa fille.

— Vraiment?

— Geneviève épouse Paul. J'ai lu cette nouvelle dans je ne sais quel journal qu'un de ces messieurs avait laissé sur son bureau.

— J'ai l'air d'en être surprise, mais, au fond, cela ne m'étonne pas du tout. Il y a bien longtemps que cette excellente petite amie creusait une mine sous tes pas. Ah! que je suis donc dégoûtée du monde. Tiens, je voudrais mourir... aller retrouver Daniel... Qu'est-ce que je fais maintenant ici-bas?

— Oh! mère, fit Claudette dans une étreinte, veux-tu bien ne pas dire ces vilains mots.

— Si, si, j'ai un cafard, mais un de ces cafards monstres! Je me rends compte, maintenant, de la place qu'occupait ce pauvre Daniel dans cette maison, dans mes pensées. Tu verras que j'en ferai une maladie.

Depuis que Derieux lui avait écrit, elle avait des minutes de noir découragement.

Puis, un jour, après déjeuner, elle se révolta.

— Après tout, je suis libre... Ce n'est pas Claudette qui va régler ma vie... Elle fait ce qui lui plaît elle, et elle m'empêcherait... Ce serait un peu fort! Quel mal y a-t-il à bavarder un moment avec un brave garçon qui fut un peu notre intime.

Elle s'habilla, prit le métro. En vingt minutes, elle fut au Palais de Justice, arpenta la salle des Pas-Perdus, cherchant Derieux. Elle aurait l'air de le rencontrer par hasard, invoquerait un prétexte pour justifier sa présence dans ce monument sévère. Elle longea vainement de longues galeries, pénétra dans les chambres où l'on plaidait, puis, de guerre lasse, elle sortit, gagna la rue de Rivoli. Elle était navrée de l'insuccès de ses recherches, et tout en marchant, elle se trouva devant la maison où habitait le jeune avocat. Il lui avait dit autrefois que ses fenêtres donnaient sur les Tuileries. Alors elle examina longtemps l'immeuble, élevant son regard attendri vers le cinquième étage, espérant vaguement apercevoir le visage aimé.

En reprenant la rue Royale, elle marmottait :

— Je suis folle... Il est bien trop jeune...

Elle n'osait dire :

— Je suis trop vieille.

Elle en était arrivée à l'âge où le nombre des années écoulées affolent, où le mot vieux n'est plus français.

Elle se remémora alors certain ouvrage de son mari, le second peut-être, écrit à trente ans. *Vers le Déclin*. Sujet souvent traité, d'ailleurs. Les relations d'un jeune homme et d'une veuve de quarante-cinq ans. Elle l'avait lu distraitement autrefois. Ce n'était qu'un hymne prolongé à l'amour. D'un sujet banal, Daniel Chambaud avait tiré trois cents pages exquises. Comme elle était très jeune à cette époque, elle s'était montrée assez sévère pour l'héroïne imaginée par l'écrivain. Maintenant, pleine d'indulgence, elle voulait modifier son jugement.

A peine rentrée, elle chercha le volume à travers les poussières des années, sur une étagère devant laquelle s'arrêtait généralement le plumeau, puis elle feuilleta. Elle tomba sur un passage où le confident dit à l'amoureux qui lui demande son avis au sujet de celle dont il est fou, mais dont il redoute l'étrange fascination : « Elle est belle, avec quelque chose de majestueux et de piquant, elle vaut que tu t'y attaches. Son désir de plaire encore et toujours prouve qu'elle n'a pas abdiqué, et paraît la protéger contre les rigueurs de l'âge. Son corps est souple comme celui d'une jeune fille. On sent qu'elle veille sans cesse, par des pratiques d'hygiène renouvelées de l'antique, sur cette élégance du corps et du visage, ce qui lui donnera longtemps l'apparence de la jeunesse. Les sottes seules pourront l'en blâmer. Sa beauté et sa grâce sont des trésors, elle s'en montre avare et soigneuse. Elle veut profiter de cette juvénilité artificielle au delà de l'automne de sa vie. Oh! comme elle doit savamment aimer! N'hésite pas. Oublie son âge comme elle oublie le tien. La femme devient vieille à partir du moment où elle ne cherche plus à plaire. »

Ainsi son mari, dans l'esprit de l'ouvrage, donnait raison à une anomalie. Et, plus loin, il se montrait impitoyable pour les mariages que guide seul l'intérêt.

— Pauvre Daniel, fit-elle, se doutait-il, en écrivant ce réquisitoire, qu'il imposerait un jour à sa fille un de ces mariages qui soulevaient son indignation de jeune homme? Mais que dire de son indulgence pour cette femme sur le déclin qui s'est nichée toute dans le cœur de ce garçon faible, qui s'est taillée une seconde jeunesse dans la jeunesse d'un jouvenceau?

Elle s'exaltait à cette lecture. L'affection passionnée qu'elle portait en secret à Derieux lui apparaissait normale. L'ouvrage de son mari était comme une approbation posthume.

Elle allait écrire à Derieux lorsque Claudette entra. Elle pensa :

« Allons bon, voilà mon directeur de conscience. »

Elle voyait toujours sa promesse écrite en toutes lettres sur ce visage interrogateur.

— Tu ne t'es pas trop ennuyée aujourd'hui?

Elle prit un ton lamentable pour répondre :

— Tiens, il me semble que je vais faire de la neurasthénie!

Lorsqu'elle rentra ce soir-là, Claudette ne se doutait pas qu'elle avait été suivie par un jeune homme, que ce jeune homme s'était rapproché plusieurs fois d'elle pour lui parler, mais qu'une sotte timidité avait arrêté chaque fois son élan.

— Que vient-elle faire chez ces industriels? s'était demandé Jacques.

Il l'avait aperçue quelques instants après qu'il eut quitté son bureau. La maison Lamarque frères n'était qu'à cinq cents mètres de l'usine où Jacques venait d'être nommé sous-directeur.

Cette jeune fille en grand deuil qui échangeait un bonsoir souriant avec une de ses collègues, l'avait frappé.

— Oh! comme elle ressemble à Claudette... Non, je suis obsédé... Je vois Claudette partout. Ce petit sac qui trahit l'employée... C'est absurde! Claudette est bien tranquillement rue Caumartin, s'occupant de son trousseau avec sa maman.

Et il s'était attaché aux pas de celle qui ressemblait étrangement à Claudette perdue pour lui. Elle avait pris le métro, et il s'était glissé dans la voiture voisine, guettant à travers la glace, résolu à descendre lorsqu'elle sortirait. Elle s'était arrêtée à la Concorde, et il avait continué sa filature jusqu'au moment où la jeune fille s'était engagée dans la rue Caumartin. Cette fois, il ne pouvait plus douter. Il s'arma de courage pour l'aborder, trois fois le courage le trahit.

Alors il la vit pénétrer dans la maison d'où la dernière fois il était sorti débordant d'amertume, résolu à chercher dans un travail intensif l'oubli de ses déceptions et de sa souffrance.

— Qu'allait-elle faire chez ces industriels? répétait-il en remontant vers la Trinité.

Il se promit d'être le lendemain, à la même heure, non loin des bâtiments Lamarque. Toute la journée cette énigme le troubla.

— Qu'allait-elle faire, qu'allait-elle faire?

Le soir, embusqué comme un détective, il vit sortir Claudette. Alors il attendit que tout le personnel se fût dispersé, et profita de la présence d'un garçon de magasin qui se disposait à tirer les volets de fer, pour demander.

— Un simple renseignement. Connaissez-vous Mlle Chambaud?

— Oui, c'est une nouvelle dactylo, attachée aux bureaux des patrons.

Jacques remercia avec émotion, puis il s'éloigna stupéfait! mais ne put rejoindre Claudette.

— Alors ce mariage riche, ce mariage qui devait sauver la situation? répétait-il.

Il eut aussitôt l'impression que tout était rompu.

— Ainsi, elle travaille. Et quand elle est venue un jour me demander mon appui pour obtenir une situation, elle était sincère, elle ne jouait pas la comédie, comme l'a prétendu Derieux. Oh! quelle révélation!

Quand il rentra chez lui, la joie l'étouffait. Il paraissait transformé. Il s'était juré de ne plus prononcer le nom de Chambaud, le nom de Claudette, devant sa mère, mais, ce soir-là, il aurait été trop malheureux de s'en dispenser.

— Tu sais, j'ai rencontré Claudette.

— Ah! mon Dieu! Et alors?

— Le mariage doit être rompu.

Mme Dauberval pâlit.

— Mlle Chambaud a un emploi. Tous les matins elle se rend à Neuilly, dans les magasins de vente d'une grande fabrique.

— Est-ce bien vrai? Je n'y crois pas.

— C'est pourtant la réalité.

— Et tu lui as parlé.

— Je l'ai su trop tard... Je n'ai pu la rejoindre. Demain, j'apprendrai quelque chose. Il a dû se passer un événement extraordinaire.

— Et tu vas t'immiscer dans les affaires embrouillées de ces femmes, trop heureuses maintenant de te faire bonne mine pour l'aide que tu leur offriras, et qu'elles s'empresseront d'accepter. Oh! mon pauvre Jacques, toi, qui, avec ta nouvelle situation, pouvais faire un si gentil mariage. Cet amour obstiné sera le malheur de ta vie.

Le lendemain était un samedi. Jacques quitta son bureau vers midi moins le quart. Il arriva juste pour voir sortir Claudette. Cent pas plus loin, et malgré la soudaine défaillance que lui infligeait sa timidité, il l'aborda. Elle s'était arrêtée, interdite, murmurant d'une voix chevrotante :

— Monsieur Dauberval.

Il contemplait le joli visage pâlissant, les grands yeux noirs troublés et tristes.

Elle se ressaisit, demanda :

— Comment saviez-vous?

— Un hasard... ou plutôt cette force d'attraction sur laquelle votre père a écrit de si jolies pages.

Il ajouta d'une voix qui s'étranglait :

— Tous les jours ma tête a travaillé. Je pensais que votre mariage ne pourrait plus tarder.

— C'est fini. Je n'épouserai pas M. Henrie.

Elle affecta une certaine froideur pour ajouter :

— Je ne me marierai jamais. Je finirai dans la peau d'une vieille fille.

Elle vit le visage un instant épanoui de Jacques, se rembrunir.

Jacques marmotta d'un ton douloureux :

— Pourquoi, pourquoi?

— Pour des raisons que je ne peux expliquer, monsieur Jacques.

Ils s'étaient mis à marcher lentement.

— N'ai-je pas été une fois, de trop courts instants, le confident de vos peines? Auriez-vous oublié?

— Non, je n'ai jamais oublié... jamais... J'ai vu ce jour-là que j'avais rencontré un ami, un véritable, de ceux auxquels il fait bon d'ouvrir son cœur.

— Alors la raison de ce renoncement est donc si mystérieuse! Êtes-vous tenue par un vœu?

— Non, ne m'en demandez pas davantage.

— Auriez-vous perdu en moi cette belle confiance dont je fus un moment si flatté?

Elle eut un sourire indéfinissable.

— Pauvre monsieur Jacques, à quoi bon vous renseigner? Rien ne changerait ma détermination... Elle est irrévocable.

Claudette voyait la consternation attrister le cher visage qui, à travers les pérégrinations de ses fiançailles avortées, s'était toujours imposé à son esprit et à son cœur. Elle souffrit cruellement pour la peine qu'elle causait à cet ami sûr, redouta de nouvelles questions et préféra abréger l'entretien.

— Je vous demande pardon de vous quitter si vite, dit-elle, en lui tendant la main, mais j'ai une visite à faire.

Il prit en désespéré cette main adorable, la serra longuement dans la sienne, ne pouvant se résoudre à l'abandonner.

A ce moment, une auto passa qu'ils ne virent ni l'un ni l'autre. Elle était occupée par Paul Henrie et Geneviève. Tous deux revenaient du terrain de tennis.

Ce fut Mlle Morange qui, la première, aperçut Claudette et Jacques. Elle tapota vivement le bras de son compagnon.

— Oh! mais regardez, c'est fort intéressant. Vous voyez bien que ce qu'on m'a dit était vrai, que Claudette travaille, maintenant. Je m'en doutais qu'elle n'avait jamais cessé de voir son Dauberval. L'idylle se poursuit dans les rues, les avenues, sur les bancs.

— Touchant tableau populaire, ricana Paul.

— Avoir raté un beau mariage, l'opulence, le bien-être, la satiété, cette vie mondaine attrayante et grisante, tout cela par maussaderie et surtout par une bévue de sa mère, ce qu'elle doit rager!

Et Geneviève eut un rire cruel, égoïste.

Cependant Claudette et Jacques s'étaient séparés. Le jeune homme la regarda partir d'un œil morne.

Quelle amertume lui laissait cette rencontre!

Cette Claudette-là n'était plus la petite Claudette adorable dont la visite à Dieppe avait été pour lui un éblouissement.

— Elle aimait l'autre, exhala-t-il, c'est visible. Elle ne peut l'oublier. Allons, il est dit que cette passion malheureuse devait finir par un coup de griffe.

***

Un regret torturait Claudette. Oh! cette froideur apparente qu'elle avait dû observer, qui pouvait si bien se changer en un sourire cordial, aimant.

En rentrant, elle se jeta dans les bras de sa mère :

— J'ai vu Jacques.

— Pas possible!

— Il sait que j'ai un emploi. Il m'attendait à la sortie de mon bureau.

— Alors, tu es contente? Raconte-moi ça? Que t'a-t-il dit?

— L'entretien a été très bref... Je crois que je l'ai infiniment chagriné. Je lui ai annoncé ma détermination de ne jamais me marier. Comme j'ai souffert de le voir souffrir, il y avait tant espoir dans ses bons yeux lorsque je lui appris la rupture avec Paul.

— Ah çà! ma petite Claudette, je ne comprends plus rien à ta nature. Je ne te savais pas versatile et incohérente. Aimes-tu ce garçon, oui ou non?

— Tu sais bien que je l'aime, mais que j'aurais honte de trahir son affection en l'associant aux embarras qui vont surgir. Je ne veux pas qu'il pense un jour que je l'ai épousé simplement parce que nous pouvions avoir besoin de lui. De Paul Henric, tout m'était égal, mais celui à qui vont toutes mes préférences, qui lutte, comme je lutte en ce moment, ne doit pas prendre une part imméritée à notre gêne. Je trouve plus digne de ne jamais le revoir.

A ce moment, Mariette frappa et entra :

— C'est monsieur Marius.

Le visage de Mme Chambaud prit une expression indignée.

— Tu entends, Claudette. Il arrive juste à l'heure où l'on se met à table. Il va recommencer son manège. Et puis il a toujours le chic pour tomber dans les moments de discussion. Mariette, dis-lui que nous n'y sommes ni l'une ni l'autre.

Claudette intervint.

— Pauvre homme! C'est mal! Papa l'aimait bien! Nous ne pouvons pas faire ça. Mariette, faites-le attendre.

Alors, se tournant vers sa mère :

— Les plus malheureux partagent bien leur repas. Et puis nous parlerons un peu de papa, cela me fera grand bien.

— A ta guise. Tu es la maîtresse.

Bientôt Marius entra en se faisant humble, avec des allures de chien galeux qui s'attend à être chassé. La réception que lui fit Claudette le rasséréna. A l'invitation bienfaisante : « Vous allez dîner avec nous », il répondit par un refus hypocrite, ajoutant, onctueux :

— Je ne suis pas venu pour me faire inviter, je suis venu pour prendre de vos nouvelles.

Déjà Claudette lançait à la bonne :

— Vous mettrez un couvert de plus.

Marius se frotta les mains. C'était sa manière de manifester sa joie. Mais pour expliquer ce mouvement, il ajouta :

— Le temps se met au frais. Oh! oui, il se met bien au frais le temps!...

Claudette, toujours accueillante, le mettait à l'aise, mais Mme Chambaud, avec son air guindé, l'intimidait fortement.

A table, il s'efforça de les attendrir sur son sort, annonçant qu'il ne tarderait pas à suivre son grand ami dans la tombe, qu'il avait été très ébranlé, et pour ne pas mourir seul comme un pauvre chien, il se ferait admettre à l'hôpital. Puis il reparla de Daniel en termes émus, de leur jeunesse studieuse, de sa pièce à la Comédie-Française... ce qui ne l'empêcha pas de manger comme quatre.

Après le dîner, il se trouva seul quelques instants, dans le salon, avec Mme Chambaud. Il n'en demandait pas davantage.

— A propos, fit-il, j'ai revu M. Derieux, chère madame.

— Ah! dit-elle sans se départir de son calme glacial.

— Dieu! que je l'ai trouvé changé! Il est affreusement triste. Je ne sais quel lourd chagrin altère la robuste santé que nous lui connaissions.

A ce moment, Claudette revenait. Marius parla d'autre chose. Il crut comprendre que Mme Chambaud lui savait gré de cette volte-face.

Vers dix heures, lorsqu'il quitta ces dames, il se rendit allègrement dans un café de la rue Auber, jeta un coup d'œil à travers les vitres et vit Derieux attablé.

— Tiens, fit-il, déjà là?

Il entra, s'avança, les mains tendues.

— Quand je vous le disais, mon petit, qu'elles me garderaient à dîner. Garçon... pour moi, une menthe à l'eau.

Se tournant vers Derieux, et d'un ton confidentiel :

— Vous pouvez aller la voir. Elle ne se marie pas du tout avec Henric. Je crois même qu'ils sont en froid. Où allez-vous chercher ça? Quant à Claudette, elle a une occupation. Elle part le matin et rentre le soir, ce qui prouverait que ses fiançailles sont rompues.

— Vrai! Les fiançailles rompues. Je saurai pourquoi... je tâcherai de revoir Paul. Et quelle est votre impression sur Mme Chambaud?

— Elle rajeunit. Sans blague, elle rajeunit. Le noir lui va divinement bien.

— Elle est si jolie, si fraîche. Oh! cette femme!

— Je vous l'accorde, mon petit, adorable... Je comprends qu'elle ait déchaîné chez vous la grande passion.

— Pas un mot de moi, naturellement?

— Je m'en serais bien gardé devant Claudette.

— Il n'a pas été question de Jacques?

— Ma foi non... A propos, l'avez-vous revu?

— Je crois qu'il me boude. Mais un jour j'irai lui demander la raison de cette mauvaise humeur...

XXVII

Un après-midi de cette même semaine, Mme Chambaud se disposait à sortir, lorsque Mariette vint annoncer à demi-voix, d'un air mystérieux, comme si elle commettait une indiscrétion :

— M. Derieux.

Mme Chambaud eut un léger tressaillement.

— Faites-le entrer au salon.

Vite, elle pénétra dans son cabinet de toilette, prépara son visage comme une artiste dans sa loge.

— Lui, lui, il a osé... Oh! si Claudette l'apprend? Mais je m'arrangerai.

Longtemps, de ses doigts agiles, elle remit de l'ordre dans ses cheveux, se jeta un dernier coup d'œil de face, de profil, de trois quarts, puis, se composant un air angéliquement douloureux, elle ouvrit la porte d'un geste étudié.

Derieux s'était levé. Il sentait ses jambes faiblir. Ce n'était plus l'amoureux dégagé, brillant, qui se dit : « Je suis beau garçon », et qui en prend à son aise. Il était maté. Sans un mot, il s'avança, prit la main que lui tendait Renée, la porta avec véhémence à ses lèvres.

— Pardon, fit-il, d'avoir tant tardé à vous apporter mes hommages...

Cérémonieusement, elle lui montra un siège et avec un murmure de voix :

— Claudette a été vive... Pourrais-je la blâmer? Elle nous a surpris dans un moment où vous étiez devenu trop entreprenant. Vous méritiez d'être grondé. Mais ne parlons plus de cela. Nous avons été imprudents, voilà tout. Et puis avouez que le moment était mal choisi?

Elle apportait une habile gradation dans ses effets, appuyant les mots de jeux de physionomie adroits.

Les larmes lui vinrent ni trop abondantes, ni pas assez, mais en quantité suffisante pour qu'elle apparût encore plus jolie dans sa douleur.

Elle parla de sa lutte avec Henric qui s'exprimait déjà en maître, qui commandait chez elle comme chez lui :

— Oh! je savais où il voulait en venir. Il aurait tout fait, tout consenti pour que, dans un an, je devinsse Mme Henric. Cet homme que j'ai chassé, finissait par me faire peur. Parfois, il me contemplait d'une étrange façon. Il y avait du faune dans ces yeux-là! Prendre un mari presque aussi âgé que Daniel? Plutôt rester veuve...

La phrase se termina dans un long soupir.

Renée reprit d'une voix musicale qui aurait jeté Derieux sur les genoux sans le deuil si récent :

— Hélas! dans un an, j'aurai encore bien vieilli, car les tracas usent vite. Je serai ce que vous, jeunes gens, appelez une vieille femme.

En manière de protestation, Derieux prit avec un geste prompt la main veloutée :

— Non... ne dites pas de ces choses affligeantes. Chaque mot me griffe à crier.

— Allez, Pierre, dans un an que d'événements... Vous m'aurez oubliée. Peut-être vous aura-t-on trouvé une gentille femme. Vous penserez : « Quelle folie j'ai failli commettre! » Soyez sage, ne compromettez pas votre avenir. Nous avons eu des conversations exquises à Puys; mon cœur, resté très jeune, s'est grisé de vos hardiesses, je les ai trouvées savoureuses. Enveloppons tous ces souvenirs dans le suaire de l'oubli.

Il eut un mot déchirant .

— Jamais... Regardez-moi bien, Renée, vous ne trouvez pas que j'ai terriblement vieilli. Si vous saviez combien j'ai souffert! Oh! ce mur infranchissable que Claudette a jeté entre nous! Que n'aurais-je fait pour le renverser! Y suis-je passé assez souvent dans cette rue, sous ces fenêtres, avec l'espoir de vous rencontrer, de vous apercevoir. Votre silence à ma lettre m'a laissé sans forces. J'ai pensé : « C'est fini, fini... » Eh bien non, ça ne peut finir... Ce baiser vibre encore sur ma bouche. Il a embaumé toute ma vie. Doit-il être celui dont je mourrai?

Il s'était rapproché, suppliant, comme s'il quêtait des tendresses. Ses grands yeux d'enfant, qu'elle aimait pour leur franchise, la troublèrent et l'effrayèrent tout à la fois. Elle sentit son souffle tiède si près de ses lèvres qu'elle eut peur de faiblir.

Elle se leva vivement :

— Pierre, implora-t-elle, soyez raisonnable; ici, en ce moment, il ne peut y avoir de place que pour la prière, les regrets et le recueillement. Partez, partez...

— Oh! il me semble que vous me chassez, que vous ne m'aimez pas un peu comme j'osais l'espérer... Alors, je ne vous reverrai plus?

— Si... plus tard... Montrez-vous patient, correct. Ce sera la meilleure façon de prouver que vous m'aimez. Songez à ma situation. Epargnez cette réputation à laquelle je tiens par-dessus tout... Un jour, je vous le promets, vous aurez une lettre, une bonne petite lettre qui vous fixera sur mes intentions. Ne vous désespérez pas, grand enfant!

— Vivre dans l'attente d'une lettre qui ne viendra jamais, quel supplice!

Il prit congé d'elle brièvement, découragé, se disant :

— Rien ne l'a touchée... Pauvre et fugitif espoir qui était pour moi tout un monde!

XXVII

Le *Bonheur d'un jour* était annoncé dans les journaux depuis quelque temps. On procédait aux dernières répétitions. Chaque jour, Mme Chambaud se rendait au Vaudeville. Cette occupation la distrayait.

Constamment elle demandait au directeur :

— Enfin, croyez-vous à un succès? Moi, je suis emballée.

Invariablement elle obtenait ces réponses de Normand :

— Oui... sans doute... C'est fort possible... J'espère. On ne sait jamais...

— Enfin, l'ensemble est extraordinaire. Quel mouvement! De la gaieté, du sentiment, de l'amour. Cora George joue dans la perfection, Helma est délicieuse, et Brodier, quel talent, ce Brodier! Tout porte dans cette pièce. Et puis les artistes paraissent avoir une si grande confiance!

Elle quêtait une approbation. Pour satisfaire le grand espoir de cette femme trépidante, il aurait fallu que le directeur déclarât : « Ça ne peut être qu'un succès fou. » Or, le directeur s'appliquait à la décourager.

— Ecoutez, lui dit-il un jour, à force d'entendre

répéter les mêmes balivernes, on a l'impression d'un orgue de chevaux de bois qui vous serinerait toujours le même air, ça vous dégoûte!

Et Mme Chambaud finit par éprouver cette impression.

Quand elle rentrait rue Caumartin, elle égrenait des soupirs tout le long du trajet :

— Oh! mon Dieu, si ç'allait être un four! Avoir tant espéré!...

Et elle ne manquait jamais sa petite prière à Saint-Louis d'Antin.

Il y avait des répliques qu'elle exécrait, comme par exemple : « Madame, répondez nettement à ma question, ne cherchez pas la tangente. » Cette phrase, dans la bouche d'un artiste de second plan qui ne pouvait arriver à donner l'intonation désirée, elle l'avait entendue répéter plus de trente fois de suite.

— Ce n'est pas ça, ce n'est pas encore ça, criait le directeur de la scène.

Et l'artiste de rabâcher ces mots sans pouvoir réussir, au point d'en pleurer.

Mme Chambaud, en montant l'escalier, murmurait :

— Oh! cette tangente, cette tangente, pourquoi ne pas la couper... On voit bien que M. Jacques est plus ingénieur qu'auteur dramatique. Il lui faut de la géométrie. Ce soir-là, elle était lugubre.

— Qu'y a-t-il encore de cassé, ma pauvre maman? s'inquiéta Claudette.

— Ne m'en parle pas, tiens, j'ai l'impression que *Le Bonheur d'un jour* ne fera pas vingt représentations. Je ne retournerai plus au théâtre que pour la générale et la première. J'en sors écœurée...

— Allons, ne t'effraie pas d'avance... Il faudra prévenir M. Jacques, tu ne peux le mettre tout à fait en dehors de cette pièce qu'il a écrite entièrement sur les données de papa. Il doit voir dans les journaux que la première aura lieu le 15 de ce mois.

— C'est évident, il est tout naturel qu'on l'invite pour la première... Tu y viendras, toi?

— Non, mère.

— Pourquoi?

— Cette soirée-là sera particulièrement pénible pour moi. Pauvre père, me l'a-t-il assez demandé le manuscrit de son scénario! Il voulait le brûler lui-même. Il se mettait en colère. « Trouve-le, Trouve-le, je le veux. Je suis sûr de l'avoir mis dans le dossier rouge. » Chaque fois qu'il le réclamait, j'en étais malade. Non, vois-tu, je préfère m'abstenir. Ce n'est pas la pièce que j'aurais devant les yeux, c'est la pauvre tête toute blanche, devenue branlante comme celle d'un petit enfant. Des particularités douloureuses qui restent gravées là...

— C'est bon, j'irai seule avec Jacques... Je vais lui écrire bientôt. Ah! je comprends pourquoi ces répétitions rendaient ton père si nerveux. Que de démêlés avec les artistes! Dire qu'il y a tant de jeunes hommes et de jeunes filles qui veulent faire du théâtre! Les malheureux, s'ils savaient ce qui les attend! Tiens, la petite Berrier, qui sort pourtant du Conservatoire, je croyais qu'elle allait piquer une crise. Trente fois, ma chérie, elle a dû répéter une réplique. A la fin, ça allait plus mal qu'au commencement. Ç'aurait été moi, je flanquais la copie de mon rôle à la tête de mon bourreau.

***

Un soir, en rentrant, Jacques trouva la lettre de Mme Chambaud :

« Cher ami, j'espère que vous assisterez près de moi, dans la loge du directeur, à ce *Bonheur d'un jour* qui, espérons-le, fera pour longtemps mon bonheur et celui de notre petite Claudette. (Elle avait souligné : *notre*.) La première aura lieu, comme vous avez dû le voir, samedi prochain. Je vous adresse la carte qui vous donnera accès à la loge en question. Votre toute dévouée amie. »

— Voir la pièce, qu'importe! murmura l'auteur anonyme du *Bonheur d'un jour*, mais revoir Claudette! la sentir tout près de moi dans cette loge, l'avoir pendant trois heures à la portée de mes yeux, à la portée de mon cœur!

Avec quelle joie il se mit à table :

— Mère... cette lettre est de Mme Chambaud...

— Je m'en suis doutée.

— C'est pour samedi, tu sais, la fameuse représentation!

— Ah! oui, cette pièce qui leur rapportera peut-être beaucoup, beaucoup d'argent...

— J'y compte bien.

— Et à toi, zéro... même pas le plaisir de voir ton nom sur l'affiche. Pourtant, t'es-tu assez surmené pour l'écrire, cette pièce! A en tomber malade...

— Comme les jours parurent longs à Jacques...

Ce soir-là, il dîna avec une hâte fiévreuse, revêtit son smoking, but son café, tout debout, d'un seul trait.

— Quel gosier, fit Mme Dauberval! je te l'ai servi bouillant.

— Je n'ai rien senti. Bonsoir, maman, bonsoir... Je serai rentré sans doute vers minuit et demi...

Une auto le déposait vers huit heures au Vaudeville au milieu de la foule papotante, étincelante, des grandes premières. La carte du directeur lui valut des égards. Bientôt, on lui ouvrait la loge.

Mme Chambaud était seule. Il sentit son cœur faiblir. Elle lui sauta au cou :

— Monsieur Jacques, monsieur Jacques, merci...

Sa joie trépidante la rendait plus jolie que jamais. Elle le poussa sur un fauteuil, nerveusement :

— Ecoutez, nous tenons un succès, un gros succès... Triomphe hier, à la répétition générale... Vous lirez demain les comptes rendus. Oh! comme je suis heureuse monsieur Jacques... Je vous devrai ce grand bonheur. Ce sera de l'argent, beaucoup d'argent...

Et elle l'embrassa de nouveau avec effusion. Mais elle n'arrivait pas à faire rayonner ce visage déçu. Il risqua :

— Et Claudette?

— Oh! Claudette boude, Claudette me paraît bizarre depuis quelques jours. N'y pensons pas... Ne songeons qu'à votre œuvre... en collaboration avec le maître. Hier, ce fut du délire. J'étais transportée. Ce que j'ai pleuré! Si vous m'aviez vue hier! Et puis tous les amis de mon mari sont venus m'apporter leurs hommages, me félicitant pour celui qui n'est plus. A la porte de cette loge, c'était un défilé d'écrivains et de critiques. En ai-je serré des mains!

Jacques était intimidité. La veuve de Daniel Chambaud était reconnue. Les regards se tournaient vers leur loge avec intérêt. La modestie du jeune homme s'accommodait mal de cette curiosité indiscrète. Il éprouva un soulagement lorsque les trois coups furent frappés, et que la salle fut plongée dans la pénombre.

Le premier acte se passait dans le jardin d'une villa, sur la Côte d'Azur. Le décor était admirable. Jacques écouta d'une oreille distraite le monologue de la vieille douairière, ce monologue qu'il avait recommencé dix fois, raturant, expurgeant. Tout cela lui semblait monotone. Tel mot sur lequel il comptait passait inaperçu, tel autre qui lui était venu sans recherche faisait rire.

Déjà, il n'écoutait plus. Sa pensée allait vers l'absente.

— Elle ne veut plus me voir, plus me voir...

De temps en temps, des applaudissements frénétiques secouaient sa torpeur. Comme s'il se réveillait tout à coup, il se demandait :

— Quel passage, quel *mot* a-t-on applaudi?

Et il en fut ainsi jusqu'à la chute du rideau. On fut relever celui-ci trois fois. Le public de la première montrait un enthousiasme aussi bruyant que celui de la générale.

— Vous êtes content, monsieur Jacques, répétait Mme Chambaud. Vous verrez aux deux autres actes. Ça ira *crescendo*... Vous devez être fier, hein, monsieur Jacques?

A ce moment, de petits coups furent frappés derrière eux. La porte de la loge s'ouvrit. Plusieurs messieurs venaient lui apporter leurs hommages. Alors Jacques s'empressa de disparaître. Il se dirigea vers le foyer, sans plaisir, en homme furieux, dont la soirée est gâtée.

Soudain, un personnage auquel il était loin de s'attendre surgit devant lui. De prime abord, Jacques se refusa à reconnaître Derieux, tant celui-ci était blême et amaigri.

— Salut au triomphateur anonyme, fit Derieux, la main tendue, en affectant l'enjouement.

Le visage de Jacques resta impassible. Tout ce qu'il avait à reprocher à son ami bouillonna aussitôt dans sa tête. Il eut un haut-le-corps, et s'éloignant :

— Non, entre nous, c'est fini...

Derieux l'avait rattrapé par le bras.

— Voici une avanie qui demande des explications.

L'attitude agressive de Derieux irrita Jacques.

— Rien de plus facile. J'ai trouvé une lettre de toi chez ma mère comme si elle t'avait chargé de contrôler mes actes. Cet excès de protection m'a choqué, mais ce qui m'a choqué bien davantage, c'est ton attitude scandaleuse dans la maison d'un mourant. Je trouve ta conduite odieuse. Chercher à voler le cœur d'une femme à celui qui ne peut surveiller son bien, défendre son bonheur! Tu t'es comporté comme le plus éhonté goujat! Laisse-moi passer, Derieux, tu m'écœures!

Derieux savait manier la parole.

— J'ai droit à quelques mots de défense, fit-il en rattrapant de nouveau son ami. Allons plus loin. Je vois les indiscrets prêter l'oreille. Bientôt, on ferait cercle autour de nous...

Ils s'écartèrent, gagnèrent une galerie.

— Jacques, reprit Derieux frémissant, le mot goujat a dépassé l'expression de ta pensée. J'aurais dû te gifler. C'était le terrain. Mais je ne veux pas me battre. Toi... Ecoute-moi.

— Rien ne peut justifier les actes que je te reproche, gronda Jacques, tu seras toujours, à mes yeux, un être méprisable. Quant à me gifler, je ne t'en laisserai pas le temps...

Et sa main s'abattit, cinglante, sur le visage de Derieux.

Celui-ci n'esquissa pas un geste de riposte.

— Allons, puisqu'il faut se battre... dit-il, lugubre.

Et il s'éloigna à grands pas.

On entendait au loin la sonnerie prolongée qui mettait fin à l'entr'acte.

Jacques, fortement ému, regagna la loge directoriale.

Mme Chambaud remarqua tout de suite le visage bouleversé du jeune homme.

— Qu'avez-vous, monsieur Jacques?

— Oh! rien, je me suis senti un peu souffrant.

— C'est l'émotion sans doute. Mon mari me disait que certains auteurs ne pouvaient voir leur pièce jusqu'à la fin.

— J'ai peur d'être de ceux-là.

— Pourtant, j'aurais bien voulu que vous assistiez aux deux autres actes... à l'apothéose finale.

Elle voyait Jacques accablé, ne l'écoutant pas, ne pouvant décidément réagir. Elle s'écria avec un geste affectueux :

— Pauvre petit, ça ne va pas. Eh bien, c'est inutile d'insister. Il sera toujours temps, pour vous, de venir revoir la pièce jusqu'au bout. Partons. D'ailleurs, les ovations de la fin me feraient encore du mal. Je ne pourrais m'empêcher de sangloter. Venez, mon petit...

Elle entraîna Jacques faiblissant.

Le jeune homme marchait comme un aveugle.

Bientôt elle le poussa dans un taxi et lança : « Rue Caumartin. »

Lorsqu'ils furent arrivés, Jacques tendit la main à Mme Chambaud :

— Alors, chère madame, je n'ose vous demander quand j'aurai le plaisir de vous revoir ! ce serait indiscret.

— Comment, vous ne montez pas quelques instants? Venez, venez, mon cher, Claudette vous doit des remerciements. Et puis, il est à peine neuf heures et demie.

A l'idée de revoir Claudette, Jacques éprouva un soulagement.

Mariette vint leur ouvrir la porte.

— Vite, Mariette, du tilleul... Claudette n'est pas encore couchée, je suppose?

— Non, madame. Mademoiselle était à la fenêtre de sa chambre. Elle a vu madame arriver.

— Dites-lui que je ramène M. Jacques.

Mme Chambaud ouvrit la porte du salon.

— Entrez, mon petit, entrez... Comment vous sentez-vous?

— Un peu mieux... L'air m'a fait du bien.

A ce moment, Claudette se présenta, souriante, étonnée :

— Comment, déjà!

— Oui, notre grand ami a été pris d'une indisposition.

Claudette s'approcha du jeune homme, les mains tendues, n'ayant plus rien de cette raideur qui avait tant désemparé Jacques lors de leur rencontre.

— Voyons cette mine, fit-elle en sondant longuement les grands yeux malheureux.

Mme Chambaud avait jugé bon de sortir, mais, suivant une habitude nouvellement contractée, elle était restée derrière la porte.

Claudette demanda :

— Cette indisposition, monsieur Jacques? L'émotion ou une contrariété?

— D'abord de ne pas vous voir... Je comptais tant sur Claudette, notre Claudette, comme disait votre mère en m'écrivant... Mais pas de Claudette... Claudette ne voulait plus se trouver avec moi.

— Et puis encore? demanda-t-elle sans quitter les mains de Jacques.

— Et puis... voilà... C'est tout.

— Pardon, vous m'avez dit le mot d'abord. C'est un engagement à tout dire Il y a autre chose? Si vous avez un peu d'affection pour moi, vous me devez la vérité.

— Un peu d'affection! fit-il avec un lent hochement de tête.

— Alors ce serait beaucoup d'affection?

— Davantage encore.

— Eh bien dites-moi l'autre raison?

Jacques se sentit incapable d'éluder la question. A la crânerie, il répondit par la franchise.

— Eh bien, voilà... J'allais au foyer. Là, j'eus le chagrin de rencontrer Derieux...

Elle lui mit vivement l'index devant la bouche, et avec un coup d'œil significatif :

— Tout bas... Elle nous écoute.

Il chuchota :

— Je ne l'avais pas revu depuis que j'avais quitté Dieppe. Il s'était permis d'écrire à ma mère une lettre confidentielle qui m'avait indigné... Alors l'entretien a été vif...

— Vous ignorez peut-être que je l'ai chassé? Il y a des choses que je ne peux vous avouer, monsieur Jacques.

— Et que je soupçonne. Je lui ai reproché sa conduite dans une maison respectable. Je suis parti en refusant d'entendre une justification spécieuse, en dédaignant la main qu'il me tendait.

— Merci, monsieur Jacques, merci, fit-elle d'un accent chaleureux. Vous êtes de la vieille école, vous... Je l'aurais juré que l'attitude de cet homme ne pouvait que vous révolter.

Un silence douloureux, puis :

— Je vous ai fait de la peine, l'autre jour, et je m'en suis fait également. J'avais mes raisons... Je vous expliquerai cela... Depuis lors, j'ai réfléchi. Notre situation va devenir meilleure, grâce à vous, grâce à cette pièce...

Jacques voyait déjà dans le regard infiniment tendre de Claudette le bon acquiescement que quêtait le sien, lorsque Mme Chambaud entra.

— Eh bien, fit-elle... Quel silence! Est-ce le silence précurseur des grandes déterminations?

— Peut-être, répondit simplement Claudette.

Et la soirée, qui avait assez mal commencé pour Jacques, se terminait radieuse.

Le souvenir de son altercation avec Derieux s'effaçait devant la réalisation de son rêve. Claudette avait enfin accepté de devenir sa femme.

XXIX

Le lundi matin, Mme Chambaud reçut deux lettres et un paquet de coupures. La première du directeur du Vaudeville :

« Chère Madame,

« Les feuilles de location se couvrent comme par enchantement. Nous tenons décidément le gros, gros succès. »

Toute joyeuse, elle passa à la seconde lettre.

« Chère grande amie,

« Je viens d'apprendre ma nomination de substitut dans une ville du Midi. Si je ne vous avais pas connue, je serais parti allègrement vers ce poste que j'ambitionnais, qui me rapprochait de mon pays natal et de mes parents. Aujourd'hui, ce départ m'effraie. Rien ne pourra me faire oublier la grande et belle amie que je pleure comme si elle était morte. Un lourd pressentiment m'accable, me remplit d'une tristesse funèbre. J'ai l'impression que mes heures sont comptées. Je vous ai perdue. Vivre sans vous, autant ne plus vivre. Advienne que pourra. Un adieu désolé et résigné de votre pauvre ami sans courage qui ne vous demande qu'une pensée affectueuse et apitoyée.

« Pierre Derieux. »

Mme Chambaud ne pouvait comprendre le sens de cette lettre énigmatique. Elle cherchait à lire entre les lignes.

— Voulait-il éprouver son cœur en lui faisant croire qu'il était résolu à se tuer? Y aurait-il désir sincère d'en finir ou n'était-ce là qu'un essai d'intimidation? Elle se souvenait d'une certaine conversation où il lui avait assuré qu'il était capable d'un geste à la Werther.

Vite elle écrivit :

« Vous êtes un grand enfant. Votre cri de désolation me fait beaucoup de peine. Si vraiment vous m'aimiez, vous ne m'écririez pas une lettre aussi cruelle. Seriez-vous un lâche pour oser exprimer de semblables intentions? Venez me revoir bien vite pour que je vous gronde. Votre amie,

« Renée Chambaud. »

Dix minutes après, une auto la déposait rue des Martyrs.

Mme Dauberval se départit, en ouvrant à Mme Chambaud montra un visage épanoui, accueillant.

— Madame, madame, fit Renée essoufflée, je vous vois sourire enfin, cela me met à l'aise pour parler de nos chers enfants.

Mme Dauberval émue serra la main que lui tendait la visiteuse et d'un ton de bienveillant reproche :

— Oh! pourquoi ne m'avoir pas amené votre Claudette? Je voudrais tant la voir, l'embrasser! L'a-t-on prononcé assez de fois ici ce nom charmant?

— Je reviendrai ce soir, avec elle, je vous le promets. Vous savez que la chère enfant est tenue tous les jours?

— Oui, je sais, je sais... Je la trouve admirable. Jacques m'a appris à l'aimer. Oh! s'il ne l'avait pas eue, il ne s'en serait jamais consolé. J'ai passé de durs moments. Mon fils ne veut plus qu'elle retourne là-bas.

— J'espère qu'il obtiendra ce qu'elle m'a refusé. Maintenant, nos affaires sont en bonne voie. La pièce va faire de l'argent.

A peine Mme Chambaud venait-elle de prononcer ces mots que la porte d'entrée fut secouée de trois coups violents.

— Onze heures et demie, fit Mme Dauberval, ça ne peut être encore lui!

Elle laissa Mme Chambaud, repoussa la porte du vestibule, et ouvrit.

Jacques entra, très pâle, le regard fixe, tragique.

Tout de suite Mme Dauberval devina un malheur.

— Jacques, Jacques, que se passe-t-il?

Il la regarda avec une expression de violent désespoir.

— Une chose affreuse... J'ai peur d'avoir tué Derieux.

— Hein?

— Nous avons croisé le fer, tout à l'heure.

Un cri se fit entendre. Mme Chambaud apparut.

— Oh! madame, s'excusa Jacques, je ne pensais pas que vous étiez ici, que vous m'entendiez.

— Jacques, fit-elle convulsée, ai-je bien compris? Votre grand ami Derieux?

Il dit, haletant :

— Oui, j'avais tout caché, ma rencontre avec Derieux, au foyer, à la première du Vaudeville, notre altercation. L'affaire s'est passée ce matin, dans une propriété privée, celle de mon directeur. Derieux se défendait mollement, comme un homme accablé, offrant sa poitrine à mes coups. J'étais soucieux. J'allais renoncer à cette lutte inégale. Je ne pouvais admettre que ce garçon, qui était une fine lame, se battît indolemment avec une imprudence voulue... Je voulais le blesser légèrement, en finir. Mais tout à coup, il se jeta sur mon épée, s'enferra, puis tomba grièvement atteint. Le fer a pénétré de sept centimètres dans la poitrine. Le sang a jailli de la bouche. A cette heure, le médecin ne répond pas de sa vie. Oh! avoir la mort de Derieux sur la conscience!

Il s'était jeté en larmes dans les bras de sa mère.

Mme Chambaud, étourdie, le visage défait, supplia :

— Monsieur Jacques, vous nous cachez la vérité? Il est mort, n'est-ce pas? Il est mort?

— Non... Je vous l'affirme. Après un premier pansement, nous l'avons ramené chez lui. Aidé de sa vieille bonne, nous l'avons couché. Alors il m'a pris les mains et et devant tous, il a prononcé ces mots : « Si je meurs, je veux qu'on sache bien que c'est par une imprudence de ma part. Jacques ne doit pas être inquiété. » Puis il s'est tourné vers moi. Oh! ce regard suppliant : « Jacques, Jacques, tu ne m'en veux plus. Un sourire, un pardon à ton vieux camarade. Va, la mort peut venir, elle me laisse calme. » Il n'en put dire davantage. Le sang lui vint aux lèvres. Alors le médecin lui défendit de parler... Quand je l'ai quitté, il paraissait moins agité... mais cet apaisement m'effraie, me glace.

Mme Chambaud, éperdue, le tira nerveusement :

— Venez, Jacques, conduisez-moi près de lui.

Mme Dauberval les vit disparaître. Elle murmura, les yeux noyés de larmes :

— Mon enfant a tué son ami... tué, tué... Oh! mon Dieu, faites que cela ne soit pas!

XXX

Sept heures. Claudette rentrait la tête pleine de ces rêves d'avenir si doux à l'imagination des fiancées. Elle verrait Jacques ce soir. Mme Chambaud aurait la discrétion de les laisser un bon moment en tête-à-tête.

Elle monta l'escalier d'un pas léger, sonna. Mariette était devant elle, terriblement inquiète.

— J'espérais que c'était madame.

— Pas encore rentrée, mère?

— Mademoiselle, je ne vis plus... Figurez-vous que madame est sortie vers onze heures. Depuis ce moment pas de nouvelles.

— Ainsi, elle n'est pas revenue déjeuner?

— Non, mademoiselle.

— Mais où est-elle allée?

— Elle n'a rien dit.

Cette nouvelle glaça Claudette, la plongea dans une agitation indicible. Son extrême sensibilité la poussait aux exagérations.

— Mariette, j'ai peur d'un accident. Il est si dangereux de circuler dans Paris! Elle est sujette aux étourdissements... Que faire, que faire? ?

Elles se regardaient avec angoisse, indécises sur le parti à prendre.

Enfin Mariette suggéra à la jeune fille l'idée de se rendre chez les Dauberval.

— Peut-être M. Jacques a-t-il vu madame?

— Vous me donnez une idée, Mariette, je pars chez Mme Dauberval.

Elle sauta dans une auto, arriva comme huit heures sonnaient, rue des Martyrs. L'émotion l'étranglait.

Mme Dauberval, entendant trois coups légers, ouvrit précipitamment. Elle ne laissa pas le temps à la jeune fille en grand deuil, troublée, défaillante, d'ouvrir la bouche.

— Mlle Claudette, s'écria-t-elle, je vous ai reconnue! vous ressemblez tant à votre mère :

Elle embrassa la visiteuse.

— Je suis heureuse de vous voir, de vous connaître. Entrez, chère petite... Vous venez m'annoncer le malheur peut-être? Derieux est mort... C'est mon fils qui vous envoie?

Le saisissement arrêtait les mots sur les lèvres de Claudette. Elle regarda Mme Dauberval avec une douloureuse stupeur.

— Oh! ma chère enfant, reprit Mme Dauberval en larmes, quel malheur, quel affreux malheur! Mon fils, tuer l'un de ses meilleurs amis, quelle tache de sang, quel poids sur notre existence!

Claudette se ressaisit, balbutia :

— Je ne comprends pas... Jacques aurait tué...

— Oh! mon Dieu, vous ignorez le duel? Jacques nous a tout dissimulé... Je viens de vous bouleverser.

— Jacques s'est battu avec M. Derieux?

— Hélas!...

Elle lui raconta alors d'une voix haletante les péripéties du duel, le retour de son fils quelques instants après l'arrivée de Mme Chambaud.

— Tous deux sont partis là-bas... Si Jacques tarde tant à rentrer, c'est que tout est fini.

Et elle se mit à sangloter.

Rassurée pour sa mère, mais cruellement angoissée par cette nouvelle, Claudette s'efforça de consoler Mme Dauberval, passant familièrement la main sur les cheveux blancs en désordre de celle qu'elle affectionnait déjà.

— Espérons, madame, que l'ami de votre fils vivra, qu'un gros remords ne troublera pas la belle conscience de Jacques.

Mme Dauberval, soudainement dressée, murmura :

— J'entends son pas. C'est lui. Ecoutez... Quelle nouvelle vient-il nous apprendre?

Elle s'esquiva des bras de Claudette pour courir à la porte. Elle était défaillante... Des dernières marches, le jeune homme leva les yeux vers sa mère et vivement :

— Meilleures nouvelles... On le sauvera peut-être. L'arrivée de Mme Chambaud a été providen...

Mme Dauberval l'interrompit d'un geste, et chuchota :

— Claudette est ici

— Vrai?

Vite, il gagna l'entrée. Ce fut pour recevoir Claudette dans ses bras.

— Jacques, je viens d'entendre... Il y a un espoir. Comme nous tremblions, votre mère et moi!

D'un mouvement prompt, elle se haussa pour approcher le cher visage si chagrin. Jacques encadra alors celui de Claudette de ses mains timides. Elle se sentit attirée. Et ce fut leur premier baiser, baiser d'une saveur infinie...

Une heure après, Jacques, ayant dîné rapidement, quittait sa mère. Il voulait absolument voir le bon docteur qui l'avait si bien soigné, l'emmener chez Derieux, lui faire dire que le blessé ne mourrait pas, obtenir une seconde certitude.

Il arriva rue Vintimille. Dans la maison où habitait le médecin, au premier étage, quatre fenêtres étaient brillamment éclairées. On entendait jouer au piano la *Valse nonchalente* de Saint-Saëns.

Jacques monta trois étages.

Bientôt, il expliquait au docteur ce qui l'amenait. Celui-ci consentit à le suivre.

Comme tous deux descendaient l'escalier, une très belle voix de femme chanta la jolie mélodie de : *Si mes vers étaient des ailes.* Jacques s'informa :

— Grande soirée dans votre maison, docteur?

— Oui... la propriétaire, Mme Morange, marie sa fille à un certain Paul Henric, dont le père est administrateur de plusieurs sociétés financières.

Jacques eut un tressaillement et pressa le pas, comme si la mélodie qui s'achevait venait de réveiller chez lui tout un passé de souffrance, un passé qu'il croyait pourtant à jamais effacé par le baiser de Claudette...

XXXI

QUINZE jours se sont écoulés. Pierre Derieux est entré en convalescence. Le médecin lui a dit :

— Maintenant, vous pouvez partir à la côte d'Azur. Soyez prudent. Il vous faut deux bons mois de repos. Après ces deux mois, il ne vous restera qu'un mauvais souvenir de cette blessure. Mais souvenez-vous qu'elle aurait pu vous être fatale.

Pendant les deux semaines écoulées, Mme Chambaud est venue chaque après-midi s'asseoir au chevet du grand enfant qui lui a arraché une promesse, celle de l'accompagner là-bas, mais une autre plus sérieuse à laquelle elle n'ose penser...

Pierre a fixé la date de son départ, Mme Chambaut devra tenir parole.

Et Claudette ne sait rien. Elle se doute bien que sa mère revoit quotidiennement celui qu'elle a chassé, mais jamais il n'est question de Pierre entre elles.

Ce soir-là, Mme Chambaud est rentrée fort troublée.

— Mon Dieu, mon Dieu, murmure-t-elle, comment vais-je annoncer tout cela à Claudette?

« Ah! si j'étais seule au monde, ce serait si simple! Claudette m'épouvante à présent...

Depuis quatre jours, elle est rentrée avec la détermination de tout dire. Puis les mots se sont arrêtés sur ses lèvres. Troubler la joie de Claudette, qui, dès qu'elle revient de son bureau, se précipite vers les fleurs de Jacques et s'en grise, quel supplice!

Et puis, maintenant, son amour indécis pour Derieux s'est précisé. Il a des mots si prenants, des regards si passionnés! Oh! comme elle l'aime! Plus elle gronde le grand enfant, plus elle l'aime.

— Vous êtes un monstre et moi une vieille folle, lui dit-elle quelquefois.

Et elle n'en pense pas un mot. Elle ne se trouve ni vieille, ni folle. Elle l'aime, c'est tout dire; le reste ne compte pas.

Ce soir, dernier délai, il faut tout dire.

Un frou-frou dans l'entrée. Claudette est là.

Elle entre, se jette au cou de sa mère. Mme Chambaud la trouve plus tendre qu'à l'ordinaire; jamais son visage n'a tant rayonné.

— Eh bien, maman, la pièce fait toujours un argent fou?

— Oui, ma chérie... C'est décidément le gros succès de la saison.

— Comme je suis heureuse de voir maintenant le nom de Jacques sur l'affiche, à côté de celui de père...

Elle s'est assise près de sa mère, gentiment :

— Tu penses à autre chose quand je te parle, mère, tu as l'air toute préoccupée?

Et comme des larmes brillent dans les yeux de sa grande frivole :

— Eh bien... Pourquoi des larmes? Voici du nouveau... C'est rare... Qu'est-ce qui te tourmente?

— Tu veux savoir? Je n'ose pas.

Ce fut leur premier baiser (p. 44).

Un silence et, soudain, les mots partent avec une volubilité désespérée :

— Je sais que je vais te faire de la peine, Claudette, mais je ne puis tarder plus longtemps à te dire tout... Ça m'étouffe! Quand, le jour du drame, j'accompagnai Jacques chez Derieux, je remplissais un devoir d'amitié. Malgré la promesse que je t'avais faite de ne jamais le revoir, il eût été odieux d'hésiter. En entrant, j'eus l'impression saisissante que le pauvre garçon était touché à mort... Tu sais que je restai toute la journée près de lui, en compagnie de ton fiancé qui avait grand' peine à surmonter son désespoir. Nous craignions tous deux de le voir partir dans un dernier crachement de sang. Mais ce que je t'ai caché, c'est toute la joie sincère qui se manifesta dans le regard de ce pauvre enfant inerte lorsque je parus près de lui... Oh! cette joie qui rallumait ces yeux à demi-voilés! Je me penchai sur le front blême, et je ne pus retenir mes larmes. Il murmura, en cherchant ma main comme un aveugle : « Si je dois mourir, ne me quittez pas... Vous sentir près de moi, c'est si bon... Vos larmes me semblent des fleurs et des regrets... Oh! comme je vous ai aimée! » Ces mots me déchiraient! Claudette, Claudette, je te demande un peu de pitié. Si tu savais ce qui s'est passé en moi, tu ne m'en voudrais pas... Je l'ai consolé : « Mais non, mon pauvre Pierre, vous ne mourrez pas; vous vous exagérez la gravité de votre état. » Alors lui, avec un sourire indéfinissable : « Je me suis accoutumé à l'ombre qui vient. Restez; vous c'est la clarté, c'est l'amour! » Il divaguait. Sa main brûlante s'était agrippée à la mienne. Je ne pouvais la quitter... On lui fit prendre une potion calmante. Il s'assoupit, j'étais toujours sa prisonnière. J'écoutais son souffle oppressé, craignant qu'il ne se changeât en râle. Après trois heures d'attente mortelle, je le vis sortir de son engourdissement. Il eut un sursaut qui m'effraya, puis, en me sondant d'un de ces regards suppliants qu'on voit toute la vie : « Et si je ne devais pas mourir, seriez-vous prête à me suivre là-bas, vers le soleil, consentiriez-vous à devenir ma femme? » Qu'aurais-tu répondu à ma place, dit, Claudette?

La jeune fille écoutait cette confession pénible sans sourciller. Calme et rigide, elle ne laissait rien voir de l'émotion qui la torturait. Ses yeux restaient obstinément tournés vers le portrait du maître.

— Ma Claudette, ma Claudette, supplia Mme Chambaud dont le regard quêtait un peu de pitié à défaut d'une approbation, regarde-moi, je t'en supplie. Alors, tu ne veux pas me répondre? Suis-je donc si coupable d'avoir promis?

Sa voix se voilait.

— Fallait-il refuser, fallait-il l'achever? Va, si ma conscience m'a fait longtemps reproche de ma légèreté, elle me pardonne maintenant, car j'ai contribué à une réaction qui l'a peut-être sauvé.

Elle s'était effondrée, sanglotante, sur l'épaule de sa fille. Claudette sentait les larmes de la grande affligée lui brûler la joue.

— Calme-toi, fit-elle doucement en épongeant les grands yeux pleins de douleur.

Mme Chambaud éprouva quelque soulagement. Ce geste pitoyable lui fut doux. Ce n'était pas une approbation, mais un peu de compassion. Elle devait s'en contenter. Elle la remercia d'une caresse.

Alors Claudette demanda, angoissée :

— Et puis plus tard, plus tard? As-tu réfléchi?

— Non... Quand on aime, on ne réfléchit pas.

— Alors, vraiment, tu l'aimes?

— Oui...

Oh! ce oui imperceptible, honteux, tel l'aveu d'un grand crime, comme il remua Claudette!

Enlaçant sa mère d'un geste éperdu :

— Allons, puisque le sort en est jeté.

— Merci, merci, Claudette... J'avais si peur que tu ne m'aimes plus, toi! Me voilà heureuse... Et si tranquille pour ton avenir! Tu es sûre de ne jamais souffrir... Pour moi, c'est autre chose; l'inconnu qui s'illumine pourtant d'un ardent espoir. J'ai jugé Pierre...

Claudette l'interrompit d'un geste :

— Ne me parle plus jamais de lui... Qu'il te rende heureuse, je n'en demande pas davantage. Tu auras beau me cacher la vérité, je verrai bien si ces yeux-là expriment le bonheur ou s'ils trahissent le désappointement des femmes abusées.

Un mois après le mariage de Claudette et de Jacques avait lieu dans la plus stricte intimité. Mme Dauberval exultait. Elle se disait : « Moi, au moins, je les verrai souvent, ce n'est pas comme Mme Chambaud qui, arrivée à un âge où l'on doit songer à la retraite, quitte tout pour l'amour d'un jeune... Ah! la folle! N'empêche que je l'aime bien tout de même. »

Depuis quelques jours, Mme Chambaud était revenue du Midi pour le mariage. Malgré son deuil, elle paraissait aussi jeune que sa fille. Son visage exprimait la confiance tranquille. Elle avait trouvé dans les parents de Derieux des gens exquis, tout à la dévotion de leur fils. Ils montraient pour la grande séductrice, portant un nom célèbre, un empressement respectueux, des attentions touchantes. Mme Chambaud vivait de la vie calme, trop calme peut-être, des châtelaines. Mais la gaieté et la tendresse du grand enfant câlin lui rendaient cette monotonie délicieuse. Pierre la comblait d'affection en attendant la complète réalisation de son rêve.

A l'issue de la cérémonie religieuse, Mme Chambaud resta un bon moment pressée contre Claudette.

— N'aie pas d'inquiétude pour moi, chérie.

— Je suis contente; que de jeunesse dans ton regard!

— L'automne de ta mère connaîtra sans doute d'heureux jours. Viendras-tu au moins là-bas, quand le moment sera venu?

Mme Chambaud s'attendait à une explosion d'indignation.

— Peut-être, repartit Claudette, la joie fait parfois oublier les rancunes. S'il t'aime beaucoup, ne puis-je pas lui pardonner... un peu?

FIN

PROCHAIN OUVRAGE A PARAITRE :

WERTHER

de GŒTHE

WERTHER

LETTRE PREMIERE

Le 4 mai 1770.

Que je suis aise d'être parti! O le meilleur de mes amis! qu'est-ce que le cœur de l'homme?

Te quitter, toi que j'aime, toi dont j'étais inséparable, te quitter et être content! Mais je sais que tu me pardonnes.

Mes autres liaisons, le sort ne semblait-il pas me les avoir fait contracter de nature à inquiéter, à tourmenter un cœur comme le mien!

La pauvre Eléonore! Et pourtant j'étais innocent! Etait-ce ma faute, si une passion s'allumait dans son cœur malheureux, tandis que je songeais qu'à m'occuper agréablement des charmes de sa sœur?

Cependant, suis-je bien innocent? n'ai-je pas alimenté moi-même ses sentiments? ne me suis-je pas souvent amusé de ces expressions marquées au coin de la nature et de la vérité et qui nous ont fait rire tant de fois, bien qu'elles ne fussent rien moins que risibles? n'ai-je pas...

Qu'est-ce donc que l'homme? et comment ose-t-il se lamenter? je me corrigerai, oui, mon ami, je te le promets; je ne veux plus ruminer sans cesse ce peu d'amertume que le sort mêle dans la coupe de la vie. Je jouirai du présent et le passé sera passé pour moi. Certes, tu as raison, cher ami ; la dose de tristesse serait bien moindre parmi les hommes (Dieu sait pourquoi ils sont ainsi faits) s'ils exaltaient moins leur imagination pour se rappeler le souvenir de leurs maux passés, au lieu de supporter le présent avec sang-froid.

Dis à ma mère que je m'acquitterai de mon mieux de sa commission et que je lui en donnerai des nouvelles le plus tôt possible.

J'ai parlé à ma tante, et je n'ai pas trouvé en elle la mégère qu'on m'avait annoncée : c'est une femme vive jusqu'à l'emportement, mais du meilleur cœur. Je lui ai exposé les plaintes de ma mère au sujet de l'héritage qu'elle vient de faire.

Elle m'a montré ses titres, ses raisons, ainsi que les conditions auxquelles elle est prête à nous rendre même plus que nous le demandons...

Mais en voilà assez. Dis à ma mère que tout ira bien. Eh! mon ami, j'ai trouvé, dans cette chétive affaire, que tiédeur et malentendu causent plus de désordres dans ce monde que ruse et méchanceté ; du moins les deux dernières sont-elles plus rares.

Au reste, je me trouve bien ici. La solitude de ces célestes contrées est un baume pour mon cœur, qui se sent ranimé, réchauffé par les charmes de la saison.

Pas une haie, pas un arbre qui ne soit un bouquet de fleurs; et l'on voudrait être un papillon pour nager dans cette mer de parfums et pouvoir y trouver toute sa nourriture.

La ville est désagréable. En récompense la nature brille aux environs dans toute sa beauté. C'est ce qui a engagé le feu comte de M... à faire planter un jardin sur l'une des collines, où la nature répand ses trésors avec une profusion et une variété incroyables, qui forment les plus délicieux vallons'

Le jardin est simple, et l'on sent en y entrant que celui qui en a tracé le plan était moins un jardinier esclave des règles qu'un homme sensible qui voulait y jouir de lui-même.

Déjà j'ai donné plusieurs fois des larmes à sa mémoire dans le cabinet qui tombe en ruine, dont il faisait sa retraite favorite, et dont je fais la mienne.

Je serai bientôt maître du jardin.

Depuis peu de jours que je suis ici, j'ai mis le jardinier dans mes intérêts, et il n'aura pas lieu de s'en repentir.

LETTRE II

Le 10 mai.

Il règne dans mon âme une sérénité étonnante, semblable à ces douces matinées au printemps, dont le charme enivre mon cœur.

Je suis seul, et la vie me paraît délicieuse dans ce lieu fait exprès pour les âmes comme la mienne.

Je suis si heureux, mon ami, si abîmé dans le sentiment de ma tranquille existence, que mon art en souffre.

(A suivre.)

Paris. — Imp. Paul Dupont (Cl.).

www.ingramcontent.com/pod-product-compliance
Ingram Content Group UK Ltd.
Pitfield, Milton Keynes, MK11 3LW, UK
UKHW021516260726
13993UKWH00004B/1703